YU YOYO

Unsichtbare Katzen

Chronik wundersamer Katzenereignisse

Aus dem Chinesischen
von Karin Betz

Insel Verlag

Blockkatze
Scheibenkat
Bogenkatze
Knick-
katze
Stockkatze
Kreiskatze
Knäuelkatze

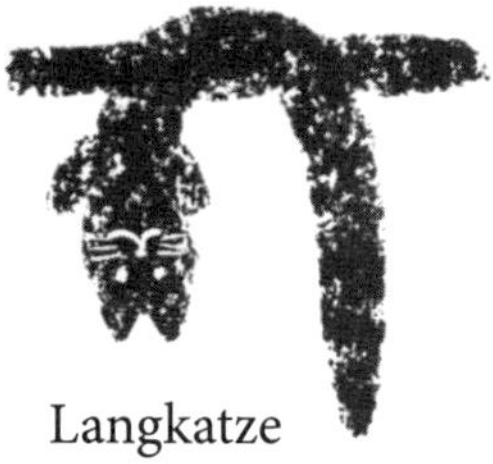

Langkatze

Körnchenkatze

Stauchkatze

Wolkenkatze

Brettkatze

Spiralkatze

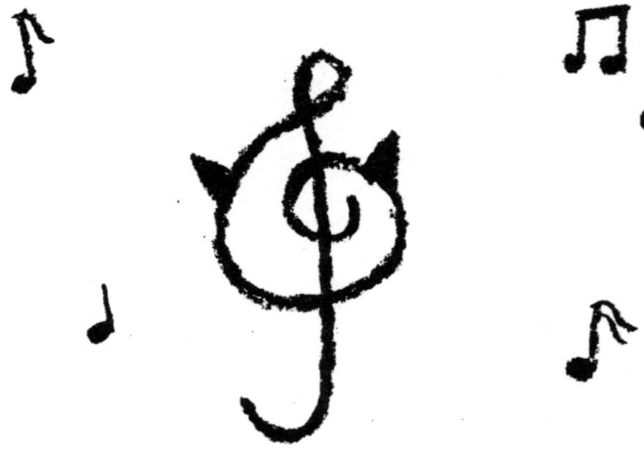

Unsichtbare Katzen

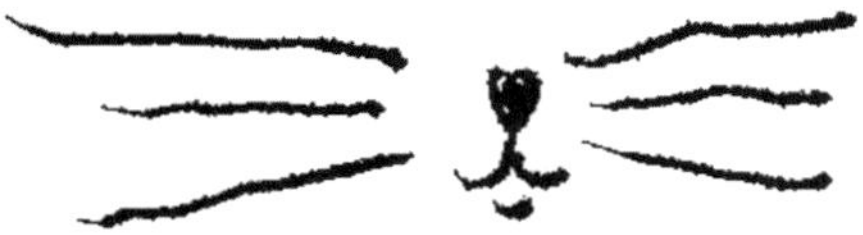

INHALT

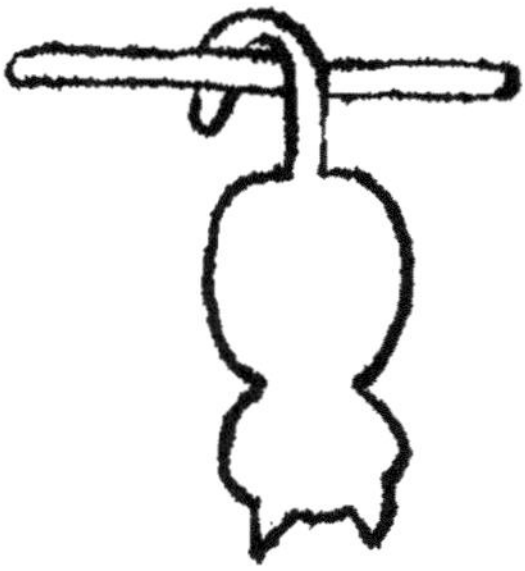

1

ZEHNTAUSEND TROPFEN KATZENREGEN

Die Katzen bevorzugten, vor dem großen Auftritt zu proben, um sich nicht gleich dem Publikum zu präsentieren. Darum ließen sie vor dem Regen etwas Wind wehen, nur eine leichte Brise, wie wenn du auf der Leiter eine Stufe verpasst, in die Luft trittst und für einen kurzen Augenblick aus dem Gleichgewicht gerätst. Nicht zu heftig, kein Sturmwind, nur ein wenig zur Seite neigen, das sollte genügen. Sie mussten schließlich noch ausreichend Energie für ihr Spiel bewahren.

Die Katzen nutzten den aufkommenden Wind, um sich in einer dunklen Wolke zu verstecken, wie hinter einem riesigen Vorhang. Ihre zuckenden Ohren erinnerten an Sonnenfackeln. Aufgeregt und zappelig sprangen sie los, eine nach der anderen, und schon ritt eine imposante Armada aus kleinen Sonnenfackeln auf Wolken in Richtung Bühne.

Jene Bühne befand sich direkt über ihnen. Es war der weite Himmel, der so nah scheint und doch so fern ist. Du hebst den Kopf und siehst ihn vor dir; aber streckst du die Hand danach aus, erreichst du ihn nicht. Unendlich weit dehnt er sich aus, ist immer da, egal, wohin du gehst.

Dann schwebten die düsteren Wolken herab, der Vorhang hob sich, und es begann eine Vorstellung, der ich gebannt folgte.

Die Bühne war bereitet für die Katzenregenshow, zehntausend Tropfen sollten es werden.

Aus der Ferne sah ich die Katzen auf den Wolken vorwärts galoppieren, mit einer Geschwindigkeit, die nichts Gutes verhieß; eilig hasteten die Leute zurück in ihre Häuser, die Augen weiter zum Himmel gerichtet. Ich erhaschte den Blick einer Katze, die mir bekannt vorkam, aber mir fiel nicht ein, wo ich sie schon einmal gesehen hatte.

Damals hatte ich noch keine Katze, hatte keine Ahnung, woher die Katzen kamen. Der Himmel verdüsterte sich zunehmend, die Wolken senkten sich herab, ein stürmischer Wind fegte ins Haus, kündete den nahenden Katzenregen an. Dann plötzlich setzte lautes Prasseln ein. Unversehens begann die Vorstellung, ohne Vorwarnung, ohne Prolog. Schon fielen sie herab, unzählige Katzen in Form von Regentropfen, platsch, platsch, platsch …

Es dauerte nur Sekunden. Alles geschah blitzschnell, zu schnell, um darauf zu reagieren. Wir hatten das Gefühl, dass der Regen schon vorbei war, bevor er richtig begonnen hatte.

Es war der kürzeste Schauer der Regenzeit, so kurz, dass ich kaum nass wurde. Ich wünschte, ich hätte näher an der Bühne gesessen, um mir den Katzenregen genauer anzusehen.

Zehntausend Tropfen Katzenregen, das bedeutete zehntausend Katzen, also ein Regen in Katzenform oder Katzen in Regenform. Katzen und Regen waren eins. Der Katzenregen klatschte auf, war mit einem Zungenschnalzen vorbei und hinterließ zahllose Katzenpfotenspuren.

2

TRAUMKATZE

Nach dem Katzenregen kühlte die Luft ab. In jener Nacht schlief ich tief und fest und hatte einen Traum.

Ich träumte, eine Katze würde aus meinem Ohr kriechen, dabei größer und größer werden, man konnte sie mit bloßem Auge wachsen sehen. Die Katze hatte tiefbraunes Fell, durchzogen von feinen goldenen Härchen. Im Traum nannte ich sie Zimtzöpfchen.

Zimtzöpfchen und ich freundeten uns umstandslos an. Sie hatte keine Angst vor mir, zeigte mir nur spielerisch die Krallen. Sie wuchs und wuchs, und ich machte mir Sorgen, dass sie zu groß für das Zimmer werden könnte. Ob ihr Bauch sich immer weiter aufblies, wie ein Gasballon? Jedenfalls war er ebenso kugelrund. Ich war versucht, mit einer Nadel hineinzustechen, um die Luft rauszulassen, brachte es aber nicht über mich; wenn ich sie streichelte, fühlte sie sich wie eine echte Katze aus Fleisch und Blut an, und ich wollte ihr nicht wehtun. Darum ließ ich zu, dass sie sich weiter aufblähte und vom Boden abprallte wie ein Gummiball.

Tagein, tagaus vollführte Zimtzöpfchen ihre Kunststückchen, Saltos, Luftsprünge, In-den-Schwanz-Beißen, mit sich selbst Fangen spielen. Sie war eine beachtliche Springerin; es war gar nicht leicht, sie einzufangen. Dafür musste ich sie stets durch die ganze Wohnung jagen, wobei ich selbst herumhüpfte wie ein Äffchen.

Irgendwann, als sie schon so umfangreich war wie ein Fernseher, hörte sie auf zu wachsen. Was für ein Glück!

Jetzt wuchs sie zwar nicht mehr, war aber immer noch um das Vielfache größer als eine gewöhnliche Katze, und sie fraß auch das Vielfache einer gewöhnlichen Katze. Wegen ihres gesunden Appetits stieg unser Haushaltsbudget ins Unermessliche. Mein Mann beschwerte sich grummelnd, Zimtzöpfchen sei ein Fass ohne Boden, sein ganzes Gehalt gehe für ihr Futter drauf. Lag sie dann aber satt und zufrieden neben ihm auf dem Bett und räkelte wohlig die Pfoten, strahlte er vor Glück und nannte sie ein liebenswertes Geschöpf; sein Groll war im Nu vergessen.

So wie unser fernsehergroßes Zimtzöpfchen täglich vor mir herumzappelte und Kunststücke vollführte, war sie ungleich unterhaltsamer als das Fernsehprogramm. Mein Mann und ich sahen schon seit Jahren nicht mehr fern, nun aber hatten wir dank Zimtzöpfchen das Gefühl, nebeneinander vor dem Fernseher auf der Couch

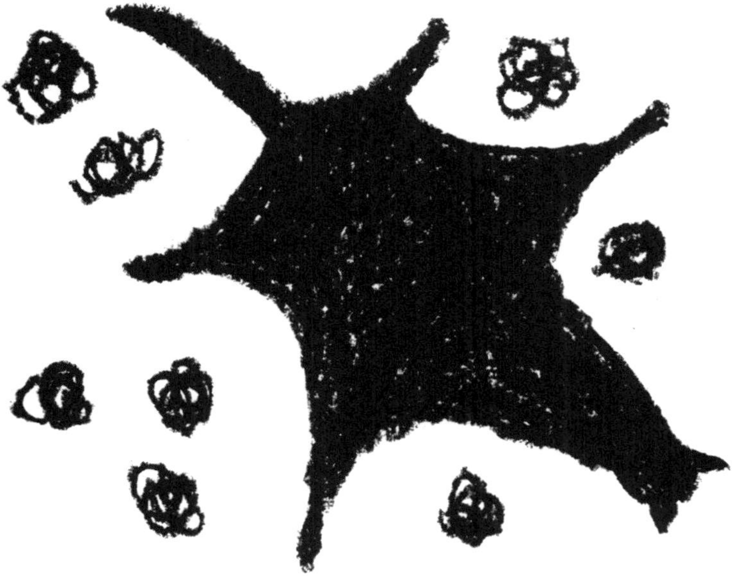

zu sitzen. Wir sahen uns Zimtzöpfchen als Serie an, jede Folge von ihr selbst gestaltet und inszeniert, sahen sie klettern, springen, rennen wie verrückt … Die Folgen wiederholten sich zwar ständig, aber wir wurden des Zusehens nie müde. Zimtzöpfchens Vorführungen wurden zum festen Bestandteil unseres Abendprogramms.

Nach jeder Show musste Zimtzöpfchen tüchtig essen, um wieder zu Kräften zu kommen und das Loch in ihrem riesigen Bauch zu stopfen. Manchmal hielt sie anschließend laut schnarchend in meinen Armen ein Nickerchen. Ich genoss es, mit ihr zu kuscheln, aber ihr Umfang und ihr enormes Gewicht drückten mir beinahe die Luft ab. Runter mit dir, sagte ich dann, du bist zu schwer! Aber sie ignorierte mich einfach und blieb ungerührt auf mir liegen. Ich konnte nicht mit Gewissheit sagen, ob sie schlief oder nur so tat.

Beim Aufwachen verspürte ich eine wohlige Wärme auf der Brust. Ich war sicher, dass sie von Zimtzöpfchen stammte.

3

KATZEN PFLANZEN, KATZEN ERNTEN

Früher habe ich mich nie besonders für die Gattung Katze interessiert; ehrlich gesagt, verstand ich nichts davon. Dann aber tauchte Zimtzöpfchen in meinen Träumen auf, und obwohl wir nicht viel Zeit miteinander verlebten, reichte das, um mein Interesse und meine Liebe zur Gattung Katze zu wecken. Mich von Zimtzöpfchen zu trennen, fiel mir schwer, aber ich träumte nicht jede Nacht und auch nicht immer das Gleiche.

Irgendwann, ich hatte lange nicht mehr von Zimtzöpfchen geträumt, wanderte mein Blick beim Spazierengehen sehnsüchtig über Bäume und Büsche, in der Hoffnung, eine Katze würde herausspringen, auch wenn es bestimmt nicht Zimtzöpfchen wäre.

Kaum fing ich an, nach Katzen Ausschau zu halten, sah ich ständig welche; in den Blumenbeeten, im Graben, auf den Feldern, unter den Bäumen … sie waren überall, flitzten in großer Zahl umher, so als wüchsen sie direkt aus der Erde heraus.

Mit den Katzen verhält es sich wie mit Gemüse: Wer Melonen sät, erntet Melonen; wer Bohnen sät, erntet Bohnen; wer Katzen sät, erntet Katzen.

Auf der Welt gibt es Menschen, die Katzen pflanzen, und Menschen, die sie ernten.

Wer Katzen pflanzt, muss nichts weiter tun, als die Saat in der Erde verteilen. Ganz ohne zu wässern, zu düngen oder umzugraben, erntet man dann, wenn es Frühling wird, haufenweise Katzenwelpen. Wirklich – sobald es Frühling wird, erhöht sich über Nacht die Zahl der Kätzchen. Kaum haben sie den Kopf aus der Erde gestreckt, wachsen und gedeihen sie schnell.

Frühlingszeit ist Katzenerntezeit. Am besten pflückt man sie dann gleich frisch.

Alle sind wie neu, es gibt keinen Unterschied zwischen Hauskatzen und Streunekatzen; sie sind eben erst zu Bewusstsein gelangt und nehmen ihr Leben als Katzen an.

Die Katzenwelpen strecken vorsichtig alle viere aus, recken ihre kleinen Samtpfötchen der Sonne entgegen. Wie ein flauschiger Teppich überziehen sie eine neben der anderen die Erde. Bei schönem Wetter sieht man, wie sie sich lebhaft auf dem Boden räkeln und ein Sonnenbad genießen. Wenn sie dann genügend Sonne getankt haben, öffnen die jungen Kätzchen die Augen.

Sobald sie spüren, dass sie reif sind, reißen sie sich

selbstständig von der Erde los. Stehen sie schließlich auf vier Beinen, wagen sie zunächst nur ein paar vorsichtige Schritte, bis sie unversehens alle viere durchstrecken, sich aufbäumen, rasant beschleunigen und lossprinten.

Die frisch aus der Erde geborenen Kätzchen stieben in alle Richtungen. Manche bleiben in den Wäldern, andere wagen sich auf die Straßen, wo man ihnen immer wieder begegnet; viele sind menschenscheu und verstecken sich, kaum, dass wir auftauchen, oder lösen sich augenblicklich in Luft auf. Andere sind reif genug, um beim Anblick eines Menschen sofort vor ihm hin und her zu paradieren, als wollten sie sagen: Komm, nimm mich mit! Nimm mich mit! Haben sie Glück und treffen auf einen Katzenliebhaber, werden sie gestreichelt; die Katzenliebhaber spielen mit ihnen oder eilen schnurstracks zum nächsten Geschäft und kaufen Katzenleckerli. Manche Katzen laufen diesen Menschen nach; dreht der Mensch sich nicht noch einmal um, geben sie auf.

Eine andere Spezies unter den aus der Erde geborenen Katzen ist zwar nicht menschenscheu, möchte aber ihr naturverbundenes Leben nicht aufgeben und wählt am Ende einen Ort zum Leben, an dem sich häufig Menschen versammeln. Sie begreifen schnell, wo sie die Menschen finden, die ihnen zu festen Zeiten und an festen Orten Wasser und Futter hinstellen. Frei und satt zugleich, leben solche Katzen für immer draußen in der

Natur, eng verbunden mit der Erde, aus der sie kommen, so wie Menschen mit ihren Heimatorten verbunden sind.

4

KATZEN PFLÜCKEN

Der Frühling verging, dann der Sommer, der Herbst und der Winter, bis mir im darauffolgenden Frühling schlagartig bewusst wurde, dass ich ein Mensch ohne Katze war. Ich erschrak.

Wie konnte es sein, dass ich keine Katze hatte? Die Frage machte mir ungemein zu schaffen. Von morgens bis abends, drinnen und draußen, beim Essen, beim Spazierengehen, immerzu grübelte ich darüber nach und fand keine befriedigende Antwort auf diese Frage.

Manche Ideen nisten sich spontan in unseren Köpfen ein, ohne dass man wüsste, warum. Für manche bist du drei Minuten lang Feuer und Flamme, aber dann wird man ihrer überdrüssig und bereut sie. Das war nicht meine Art; schließlich sind Katzen lebendige Wesen, die man ernst nehmen muss. Man muss sie verstehen, so wie ich Zimtzöpfchen verstanden hatte.

Ich überlegte und überlegte, in jeder Minute und jeder Sekunde, verirrte mich vor lauter Nachdenken in den Straßen, meine Sinne trübten sich, die Welt vor mir verschwamm. Und genau da tauchte in meiner vernebelten Wahrnehmung ein grauweißes Etwas auf. Ich rieb mir die Augen, aber es verschwand nicht. Also trat ich näher – und schrie laut auf. Es war eine graugetigerte Katze, mit geschlossenen Lidern lag sie schlafend vor mir. Verblüfft schlug ich die Hand vor den Mund.

Es war ein junges Kätzchen, offenbar noch nicht lange auf der Welt, runde Schnauze, Pausbäckchen. Mit ihrem reinen und zarten Fell wirkte sie nicht wie ein Streuner. Das Kätzchen lag weder auf dem Boden noch flog es durch den Himmel, es hing einfach in der Luft, leicht schwankend wie ein Gasballon, weder besonders hoch oben noch tief unten; genau auf der richtigen

Höhe, um danach zu greifen und es in meine Arme zu schließen.

Es wachte auch in meiner Umarmung nicht auf. Sanft streichelte ich sein Fell, kraulte es hinter den winzigen Ohren, berührte die samtweichen Pfoten und fragte stumm: Wie du wohl heißt? Woher du wohl kommst?

Das Kätzchen schlief weiter, tief und fest, auch während ich mit ihm nach Hause rannte, es sicher in meinen Armen bergend, um es bloß nicht fallen zu lassen. Erst als wir vor der Tür waren, schlug das Kätzchen die Augen auf, blieb aber reglos liegen und sah mich unschuldig an, ohne einen Anflug von Furcht.

Ich ging in die Küche, stellte ihm etwas Milch hin und sah zu, wie es gierig die Schale bis auf den letzten Tropfen leerschleckte, als wäre es kurz vor dem Verhungern gewesen. Ich legte ihm eine Decke zum Schlafen zurecht und stellte Wasser und Trockenfutter in die Nähe. Als ich mich wieder nach ihm umdrehte, lag es schon eingerollt zwischen den Sofakissen und schlief. Und dann, mit einem Mal, so als würde ich aus einem Traum erwachen, wurde mir klar: Ich habe eine Katze im Haus. Eins hatte so unvermeidlich zum andern geführt, dass mir diese Tatsache überhaupt nicht seltsam vorkam. Schließlich kam mein Mann nach Hause und auch er schien über den Anblick des Kätzchens nicht im Geringsten verwundert. Als wäre es schon immer da gewesen.

Mein Mann meinte, es sehe nicht aus wie ein Überbleibsel des Katzenregens oder eine Frucht der Katzensaat, die aus der Erde gesprossen war, sondern wie eine aus einer Wunschvorstellung geborene Katze. Also wie eine echte Katze.

Ob das Kätzchen nun meinen Gedanken oder woanders entsprungen war, eins war gewiss: Ich war zu einem Menschen mit Katze geworden. Ich hatte nun eine richtige Katze. Die Frage, warum ich bislang keine besessen hatte, war nicht länger von Belang.

5

DIE NEUE WOHNUNG

Mein Mann und ich lebten in einem kleinen Zweizimmerappartement, groß genug für ein Paar. Wir wohnten in einem der oberen Stockwerke. Sah man von unten zu uns hinauf, war unser Zuhause nur ein winziger Punkt hoch oben, nicht größer als eine Erdnuss, ein Krümel Dreck, den man in die Luft geschleudert hatte. Dieser winzige Flecken war mehr als ausreichend für uns zwei. Abgesehen von mir und meinem Mann, beinhaltete die Wohnung unsere Schränke, Stühle, ein Sofa, ein Bett … sie war mit vielen, mit unzähligen Gegenständen vollgestopft. Auf einen Mitbewohner mehr kam es dann auch nicht an. Der winzige Flecken erwies sich als erstaunlich dehnbar.

Das Kätzchen gewöhnte sich täglich mehr an seine neue Umgebung. Nachdem es alle Ecken inspiziert hatte, nahm es jeden Ort für sich in Beschlag, auch mein

Mann und mich erklärte es stumm zu seinem Territorium.

Auf diese Weise bewohnte das Kätzchen sämtliche Winkel der Wohnung, die dadurch nicht kleiner wurde; im Gegenteil, sie wirkte immer größer. Weil nämlich das Kätzchen selbst zunehmend Raum einnahm.

Das Kätzchen war eine neue Wohnung innerhalb der alten Wohnung, ein winziger Ort an einem kleinen Ort. Mit einer Katze zu leben hieß, in der Katzenwohnung zu leben. Was draußen vor sich ging, nahm man nicht wahr. In der Katzenwohnung gab es nichts außer dem Kätzchen, nicht einmal Raum für Erinnerungen an anderes blieb. Wenn ich mit dem Kätzchen spielte, mahnte mich oft erst der Geruch nach Angebranntem, dass ich das Essen auf dem Herd vergessen hatte. Während ich mit einem Stöckchen vor seiner Nase herumwedelte, stob es nach rechts und links, sprang fröhlich in die Luft, ständig in Bewegung.

Gierig klammerte ich mich an jeden Moment, den ich in der Katzenwohnung verbrachte. Nicht nur weil ich gern mit dem Kätzchen spielte, sondern auch weil die Wände der Katzenwohnung so schön weich waren; ich konnte sie streicheln, ohne dass meine Hand auf etwas Störendes stieß, allein das sanfte Schnurren des Kätzchens vibrierte in meinen Ohren wie ein in der Katzenwohnung installiertes Soundsystem, das mich freundlich einlullte.

Der Boden der Katzenwohnung war identisch mit

ihren fleischigen Tatzen, hell und zart, zehn elastischen Zehen, die gemütlicher waren als ein Teppich, federnder als Holzdielen, griffiger als Fliesen. Die bei jedem Schritt nachgaben und sogleich wieder in ihre ursprüngliche Form zurückkehrten.

Die einzigen Fenster der Katzenwohnung waren die Augen des Kätzchens. Durch diese Fenster sah man in sein Inneres, einen riesigen leeren Raum, zwischen Hell und Dunkel oszillierend, unwägbar und undurchschaubar. Dieser Raum dehnte sich weit über den für mich sichtbaren Horizont aus, weiter als der Blick vom Dach des Hauses über die Stadt und die umliegenden Felder, er war eine Stadt ohne Grenzen, ohne Wohnblöcke, Straßen, Verkehr und Menschenmengen.

Eine unendlich wandelbare Welt war das. In einem Augenblick war sie dunkel wie eine riesige, stockfinstere Höhle, die sämtliche Lebewesen in sich verschluckt hatte; aus Angst, gleichfalls von der Dunkelheit verschlungen zu werden, klammerte ich mich fest an die Dielen. Doch dann tauchte ein Lichtschein auf, dessen vertrautes Leuchten mir einen Seufzer der Erleichterung entlockte. Und unvermittelt verwandelte sich der Raum in einen sonnenbeschienenen Spielplatz, überall Schaukeln, Kletterstangen, Drehkreisel, Wippen … aus dem holprigen Boden spross saftiggrüner junger Weizen, Schmetterlinge flatterten durch die Luft. Das Kätzchen versuchte sie zu fangen, sprang hin und zurück, rannte, tollte und duckte sich, vollkommen verzückt. Ich wollte ihm nach,

hinein in die farbenfrohe Welt dieser Spielwiese, doch ich fand keinen Eingang und mir blieb nur, von außen zuzusehen, wie das Kätzchen sich allein nach Herzenslust vergnügte, frei und unabhängig.

Fasziniert bestaunte ich die Szene, bis sie sich verdunkelte, die Spielwiese verschwand, und ich nichts mehr sah außer meinem Spiegelbild im Fensterglas. Ich sah dort mein Gesicht und entdeckte in meinen Augen die Sehnsucht nach dem eben gesehenen Idyll. Auch mein Herz spiegelte sich im Glas, wie es in gleichmäßigem Rhythmus klopfte. Wenn ich aufmerksam lauschte, vernahm ich ein deutliches Echo.

6

KATZENGIER

Entgegen dem ersten Eindruck, den das Kätzchen machte, klein, dünn, so schwach, dass ein einziger Windhauch es umblasen könnte, und so winzig, dass mein Mann es mit einer Hand umfassen konnte, verputzte es beachtliche Mengen. Es verschlang alles, was ihm in den Weg kam, noch lieber als sein eigenes Futter war ihm meins. Kaum entdeckte es etwas Essbares in meiner Hand, hockte es sich miauend hin und stupste mich mit seiner Schnauze an, so dass ich weder in Ruhe essen noch in Ruhe nicht essen konnte. Es fiel ihm nicht schwer, mich mit seinem süßen Katzenblick und seinem teuflischen Charme derart zu bezirzen, dass ich willig meine Mahlzeiten mit ihm teilte. Reihte man alles, was es verputzte, an einer Schnur auf, wäre sie lang wie ein Güterzug, der in jedem Waggon mit eigener Chargenbezeichnung versehenes Futter transportiert.

Beim Verspeisen dieses endlosen Futterzugs wurde auch sein Katzenkörper immer länger, erstreckte sich vom Balkon über das Wohnzimmer ins Schlafzimmer und hätte sich, wäre die Wohnung größer gewesen, wohl noch weiter ausgedehnt. So spielte das Kätzchen immer wieder Modelleisenbahn und schlängelte sich nach hierhin und dorthin, als würde es etwas nachjagen oder als würde es von etwas gejagt. Oft befanden sich seine Hinterläufe in einem Zimmer und der Kopf in einem anderen.

Je mehr das Kätzchen aß, umso länger wurde es, so lang, dass es sich mehrfach um die Wäscheleine schlingen und fröhlich daran hin- und herschaukeln konnte. Das Schaukeln hatte es schnell gelernt; es war schaukelnde Katze und Katzenschaukel zugleich. War es erst einmal satt, hatte es nichts mehr zu tun, als sich an die Leine zu hängen und dort unbeschwert baumelnd die Zeit totzuschlagen.

Nach seiner Verwandlung kostete es sehr viel mehr Zeit als zuvor, es zu streicheln. Hatte man es zuvor in Sekundenschnelle vom Kopf bis zum Schwanz geschafft, brauchte man jetzt mehrere Minuten. Das Kätzchen zu streicheln war eine sportliche Angelegenheit. Es lag jetzt nicht mehr schlicht auf dem Boden, sondern bevorzugte, in alle Richtungen ausgebreitet zu schlafen oder sich um die Tischbeine zu wickeln. Beim Katzenstreicheln musste man diese wilden Windungen entsprechend nachvollziehen, von einem Zimmer zum anderen und zurück.

Seine beachtliche Länge verkomplizierte unser Leben jedoch nicht im Geringsten. Es war überall, eroberte jeden Winkel, aber weich wie es war, machte es nichts aus, wenn man darüber stolperte, im Gegenteil; man stolperte und fiel in ein kuschliges Wattebett, ohne sich wehzutun.

Das Kätzchen dehnte sich nicht einfach nur endlos aus. Mithilfe seines robusten Verdauungssystems gelang es ihm, seine Körperlänge zu kontrollieren, es wurde je nach Lust und Laune mal länger, mal kürzer. Fand es sich unpassend lang, drosselte es seinen Metabolismus und damit sein Wachstum und begrenzte seinen Körper so auf die gewünschte Länge. Auf diese Weise war es lang genug, um an der Leine zu schaukeln, nie zu fett, um sich nicht bewegen zu können, und rannte unentwegt frei herum, flink und flott wie ein ratternder Expresszug.

7

KREISE

Das Kätzchen wuchs zu einem Kater heran, der unendlich viele Kreise in allen Größen in unsere Wohnung malte.

So entstand ein System aus konzentrischen Kreisen, Kreise stapelten sich übereinander, große Kreise zogen sich um kleine Kreise, wie die sich ausdehnenden Wellen, die der Regen auf stille Gewässer zeichnet, ein Kreis nach dem anderen; unzählige Kreise nacheinander, übereinander, die sich langsam ausbreiteten und wieder verschwanden. Die Kreise, die der Kater malte, gehörten zu der verborgenen Sorte, einer, die mit bloßem Auge nicht zu erkennen war. Man konnte sie nur erahnen. Jeder Kreis entstand und wuchs im Stillen. Der Kater und ich wechselten willkürlich-unwillkürlich den Standort, damit er neue Kreise malen konnte; mit jedem Schritt trat ich von einem Kreis in den nächsten.

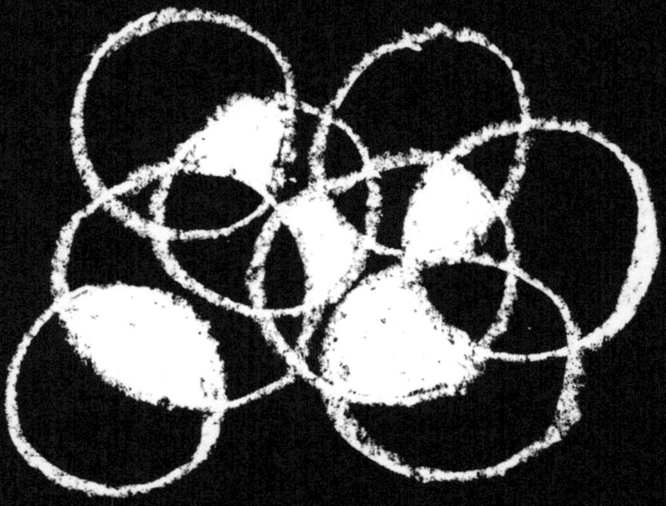

Wenn er Kreise malte, bediente sich der Kater nicht etwa eines Zirkels und auch nicht irgendeines runden Gegenstands. Er benutzte den halben Abstand zwischen sich und mir als Radius, lief einmal im Kreis und zeichnete, ganz so wie der Affenkönig Sun Wukong, der in *Die Reise in den Westen* mit seinem goldenen Stab Kreise auf den Boden beschrieb, um böse Geister zu bannen. Die Kreise des Katers dagegen wollten weder etwas bannen noch mich in einen Kreis einschließen, während er draußen blieb, und sie dienten auch nicht dazu, mich zu beschützen.

Nein. Der Kater wollte, dass wir beide uns zusammen innerhalb eines Kreises einrollten, damit wir demselben Raum angehörten. Das konnte ein kleiner oder ein großer Raum sein; je nachdem, wie viel Abstand zwischen mir und ihm herrschte. War ich ein ganzes Stück weg von ihm, beschrieb er einen besonders großen Kreis; war der Abstand zwischen uns gering, fiel der Kreis sehr klein aus. Befand ich mich an einem Ende des Zimmers und der Kater sich am anderen Ende, führte der Kreis um das ganze Zimmer herum, ein Teil davon wies in weitem Bogen über das Zimmer hinaus; fiel ein Sonnenstrahl darauf, brach sich das Licht in sieben verschiedene Farben, Rot, Orange, Gelb, Grün, Grünblau, Blau, Violett, ein prächtiger Regenbogen spannte sich über den Himmel ... Der Kater und ich beugten uns weit aus dem Fenster, um den von uns erschaffenen Regenbogen zu bewundern.

Ganz gleich, an welchem Ort der Kater und ich uns befanden, stets waren wir im Innern desselben Kreises, und jedes Mal bildete ich den Mittelpunkt des Kreises, den er um mich zog. Erst dann, wenn ich mich im selben Kreis wie der Kater befand, wirkte er, obwohl ich ihn nicht weiter beachtete und mich um meine eigenen Angelegenheiten kümmerte, vollkommen sorglos und entspannt. Ich konnte mich auch nicht unentwegt um ihn kümmern und ständig nachsehen gehen, was er trieb. Wir kamen uns gegenseitig nicht in die Quere, und solange man die Ränder des Kreises respektierte, gab es keine anderen Grenzen. Mit der Zeit fühlte sich mein Leben im Katzenkreis genauso frei an wie zuvor, so als gäbe es keine Kreise.

Eines Tages wurde mir bewusst, dass die Kreise verschwunden waren. Wie seltsam. Ob der Kater vergessen hatte, sie zu zeichnen? Da bemerkte ich plötzlich, dass er friedlich auf meinem Schoß schlief.

8

UNSICHTBARE KATZEN

Hat man erst mal eine Katze, wird sie schnell unsichtbar, so als gäbe es sie gar nicht, denn sie ist überall im Haus, wie Luft, man nimmt ihre Existenz gar nicht wahr. Wir atmen, atmen unsichtbare Luft ein; wir atmen Katzen ein. Demnach sind Katzen Luft.

Manchmal, wenn der Kater sich partout nicht blicken ließ, fand ich ihn umso weniger, je mehr ich nach ihm suchte. Wenn ich nicht aufpasste, nutzte er sofort die Gelegenheit, um alle viere weit von sich zu strecken, sich ins Unermessliche auszudehnen, bis er immer dünner, seine Fellfarbe immer heller, er schließlich ganz und gar durchsichtig wurde und von Luft nicht mehr zu unterscheiden war. Der durchsichtige Kater konnte mich überall sehen, selbst wenn ich mich im Dunkeln versteckte, aber ich nicht ihn. Das ist ungerecht!, beschwerte ich mich, aber da war nichts zu machen; mit einem

Kater lässt sich nicht über Gerechtigkeit streiten. Mir blieb nur zu bedauern, dass ich es ihm nicht nachtun konnte.

Unzählige Male suchte ich nach ihm, stellte die ganze Wohnung auf den Kopf und wurde zunehmend nervös, nur um ihn dann plötzlich zu meinen Füßen zu entdecken, den Kopf nach vorn reckend, wie um mit mir zusammen nach sich zu suchen. Ich wurde wütend, fragte mich, wozu ich bloß nach dem Kater gesucht hatte. Als hätte ich nichts Besseres zu tun!

Der Kater war mir die ganze Zeit hinterhergelaufen, hatte mich solidarisch auf der Suche nach sich selbst begleitet, nur ich hatte rein gar nichts bemerkt. Seine Tatzen waren so zart, dass die butterweichen Katzenpfoten beim Auftreten jedes Geräusch tilgten; vielleicht versteckte sich das Geräusch auch nur in den Pfoten und wurde mit jedem Pfotenheben oder im Sprung so flink fortgetragen, dass es nicht mehr bis an das menschliche Ohr drang.

Weiß man ganz genau, dass eine Katze sich in einer Ecke des Raums befindet, und kann sie trotzdem nicht sehen, dann ist das so, wie wenn man in die Luft greift, nur um festzustellen, dass die Hand leer bleibt. Katzen machen sich die Unsichtbarkeit der Luft zunutze, um selbst unsichtbar zu werden; sie verstecken sich in der Luft, und schon sind sie nicht mehr davon zu unterscheiden. Unsichtbarkeit ist das Kleid der Katzen.

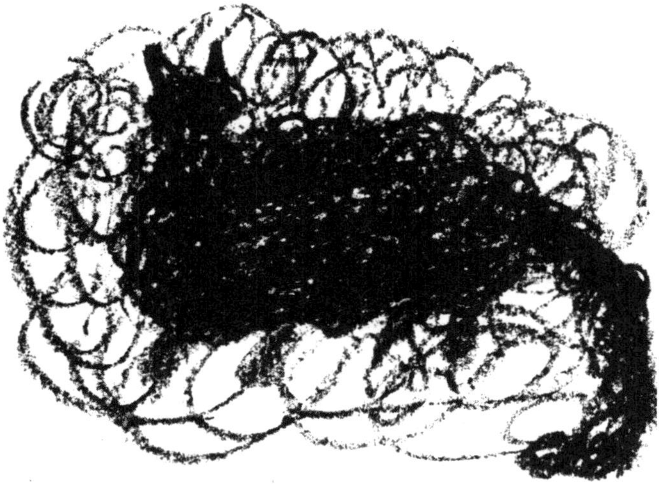

Will man eine Katze dazu bringen, sichtbar zu werden, darf man ihr nicht allzu viel Beachtung schenken. Seltsamen Lichteffekten gleich leuchten Katzen gern in einem unbeobachteten Moment, in einer unbeachteten Ecke auf.

Häufig teilte sich der Kater in seine vordere und seine hintere Hälfte; selten bekam man den ganzen Kater zu sehen, auch echte Spuren hinterließ er kaum, und möglichweise verteilte er jedes seiner Körperteile in unterschiedlichen Winkeln der Wohnung, wo sie dann nur kurz aufblitzten, als wären sie eine Sinnestäuschung.

Es gab jedoch keinen Grund zu der Annahme, dass der Kater schon irgendwann auftauchen würde. Erst wenn ich längst aufgegeben hatte, nach ihm zu suchen, kreuzte er unvermittelt von selbst auf. Wenn er dann so vor mir stand und mich aus seinen tiefgründigen Augen ansah, wirkte er vollkommen real, so als wäre er nie verschwunden. Er hockte sich mir gegenüber und sendete einen durchdringenden, kalten Lichtstrahl in meine Augen, als wollte er mich mit Haut und Haar in sich aufsaugen. Damit auch ich unsichtbar würde.

9

GLASMURMELN

Als ich klein war, spielte ich mit meinen Freunden oft Murmeln, von denen ich eine ganze Schublade voll besaß. Wir gruben eine kleine Mulde in die Erde, platzierten die Murmeln, legten uns bäuchlings auf den Boden, konzentrierten uns mit angehaltenem Atem und zusammengekniffenen Augen auf den richtigen Winkel und den idealen Drall und schossen mit Daumen und Zeigefinger die Murmeln der anderen ab. Wer die meisten Treffer erzielte, hatte gewonnen.

Meistens kollidierte die Murmel dann mit vielen anderen Murmeln ringsum, es klickte und klackerte, wenn die kunterbunten Glaskugeln aufeinanderprallten, über den Boden kullerten, verheißungsvoll funkelten …

Meine Mutter mochte es gar nicht, wenn ich Murmeln spielte. »Leg dich nicht mitten in den Dreck«, schimpfte sie, »du machst deine Anziehsachen schmutzig! Weißt du, wie schwer es ist, die Flecken wieder herauszubekommen?« Ihre Ermahnungen waren alle in den Wind gesprochen, drangen zum einen Ohr hinein und gingen zum anderen wieder hinaus, jedes Wort war vergeblich. Also lief ich wie gewohnt hinaus zum Spielen und saute mich von oben bis unten ein. Meine Sachen waren an Knien, Armen und Bauch rabenschwarz. Wenn meine Mutter mich so sah, merkte ich ihrer grimmigen Miene an, dass sie mir am liebsten eine Ohrfeige verpasst hätte.

Eines Abends erzählte meine Mutter mir eine Gutenachtgeschichte, von Glasmurmeln, die in Wirklichkeit die Augen junger Kätzchen waren, die vom Jäger erlegt wurden, der ihre Augen nahm und sie an den Besitzer des kleinen Ladens verkaufte, der sie an die Kinder weiterverkaufte.

Die Geschichte jagte mir solche Angst ein, dass ich die ganze Nacht kein Auge zutat. Sobald ich die Augen schloss, sah ich unzählige blinde Kätzchen auf mich zulaufen, manche waren einäugig, es war entsetzlich. Beim Gedanken an meine mit Katzenaugen gefüllte Schublade zitterte ich am ganzen Körper. Was sollte ich tun, wenn plötzlich die vielen ihrer Augen beraubten Kätzchen vor der Tür ständen und ihre Augen von mir zurückforderten? Mehrere Nächte in Folge konnte ich vor Panik nicht einschlafen.

Von da an wagte ich nicht mehr, mit Glasmurmeln zu spielen.

Immer wenn der Kater vor mir stand und mit den

Augen rollte, erinnerten sie mich deutlich an die Glasmurmeln, mit denen ich als Kind gespielt hatte. Jeder Lichtstrahl ließ ihre Oberfläche in allen Farben funkeln. Ich erinnerte mich an die Geschichte, die mir meine Mutter erzählt hatte, aber Angst hatte ich keine mehr. Jetzt kam es mir eher so vor, als würden die frechen Kätzchen die Glasmurmeln von Kindern stehlen, um sie sich anstelle ihrer Augen einzusetzen.

Die rollenden Augäpfel des Katers sahen für mich aus wie Murmeln, die über den Boden kullern. Es gab Katzen, die aussahen, als trügen sie immer wieder neue, buntleuchtende Glasmurmeln im Auge.

Oft lag ich bäuchlings auf dem Boden, starrte dem Kater ins Gesicht, und er starrte zurück. Er verdrehte die Augen, ich verdrehte die Augen. Er blinzelte, ich blinzelte … unsere Blicke wanderten hin und her, prallten aufeinander und voneinander ab, wie klickernde Glasmurmeln. Mit unseren Blicken setzten wir das Spiel meiner Kindheit fort. Das ging mehrere Spielrunden so, bei denen keiner von uns verlor oder gewann.

10

PUTZFIMMEL

Der Kater sprang auf meinen Tisch, ließ inmitten des wilden Papierhaufens seinen gnadenlosen Blick über meine Unordnung schweifen und lenkte seine Augen wie den Lichtstrahl einer Taschenlampe auf das herrschende Chaos, als würde er am liebsten alles versengen und verbrennen, damit er auf dem sauberen Schreibtisch nach Herzenslust herumspazieren, sich zusammenrollen und auf dem Rücken wälzen konnte.

Der Kater mochte es, aufgeräumte Flächen vorzufinden, auf denen er sich breitmachen und beliebige Stellungen einnehmen konnte. Er verabscheute meinen Schreibtisch, weil dort ständig ungeordnete Haufen Papier und andere Gegenstände herumlagen, die seinen Bewegungsradius einschränkten. Er hockte sich zwischen die Bücherstapel, runzelte die Stirn und warf mir durch die Ritze in den Stapeln hindurch missbilligende Blicke zu, die mir durch Mark und Bein gingen. Dann stieß er, bevor ich es verhindern konnte, kurzerhand meine Bücher- und Papierhaufen vom Tisch. Aus Erfahrung wusste er genau einzuschätzen, wann ich für einen Augenblick unachtsam genug war, um die Bücherstapel nicht rechtzeitig mit der Hand zu schützen, und hilflos mitansehen musste, wie alles mit einem Riesengepolter zu Boden stürzte. Zufrieden leckte sich der Kater dann seine verbrecherischen Pfoten und stahl sich im Anschluss blitzschnell vom Tatort.

Oft ließ er dabei einen meiner Radiergummis mitgehen, den er so gut versteckte, dass ich ihn partout nicht wiederfinden konnte. Sobald ich einen benutzten Gegenstand nicht sofort wieder an seinen angestammten Platz legte, identifizierte der Kater ihn als ein zu konfiszierendes Objekt. In der nächsten Sekunde schleppte er ihn schon in seinem Maul davon. Was einmal vom Kater beschlagnahmt worden war, sah ich so schnell nicht wieder. Natürlich hinterließ er keinerlei Spuren, die Aufschluss über das Versteck gegeben hätten; eines Tages stolperte man unversehens darüber. Beim Frühjahrsputz entdeckte mein Mann dann regelmäßig unter dem Sofa eine Vielzahl von Stiften, Radiergummis, Feuerzeugen …

Aufräumen war nicht meine Stärke. Natürlich wusste der Kater das. Er übernahm die Rolle des Sauberkeitspolizisten und stolzierte in dieser hoheitlichen Funktion den ganzen Tag lang über meinen Schreibtisch, damit ich mir bloß nicht erlaubte, irgendetwas wahllos herumliegen zu lassen. Ich stand ständig unter Strom. Verzweifelt fragte ich meinen Mann, was ich bloß dagegen tun

könne, um mich nicht von einer Katze derart gängeln zu lassen. Womit ich nicht gerechnet hatte: Er stand voll und ganz auf Seiten des Katers. Noch dazu verkündete er, zusammen mit dem Kater eine Sauberkeitsallianz bilden zu wollen, und ließ mich mit meiner Neigung zur Unordnung allein.

Ich erkannte, dass es keinen Zweck hatte, ihn auf meine Seite ziehen zu wollen. Nicht nur hatte ich einen Verbündeten verloren, ich hatte obendrein einen Feind mehr. Mir blieb nichts anderes übrig, als fortan besonders vorsichtig zu sein und mir keinen Regelverstoß zuschulden kommen zu lassen.

Mein Mann bestärkte den Kater sogar noch in seinem Putzfimmel, indem er ihn jedes Mal, wenn er sich das Gesicht säuberte oder das Fell leckte, über alle Maßen lobte. Der Kater befeuchtete mit der Zunge seine Vorderpfoten, um sich sodann gründlich von unten nach oben die Winkel seiner Schnauze und die Schnurrhaare zu reinigen, erst die rechte Seite, dann die linke, um anschließend das gesamte Fell auf Hochglanz zu lecken. Spätestens, wenn er sich in der Sonne räkelte und die Hitze auf seinem Fell eine chemische Verbindung zwischen Kalzium und Katzenspeichel herstellte, die er sorgfältig mit seiner Zunge auf dem ganzen Körper verteilte, schien der Kater mit einem transparenten Glanzlack überzogen. Dank diesem glänzenden Überzug konnte er nach Herzenslust über den Boden tollen, und selbst wenn er dabei ein wenig schmutzig wurde, genügte ein gezielter Einsatz der Zunge, um den alten Glanz wiederherzustellen.

11

WENN ES NACHT WIRD

Die Nacht ist ein schwarzer Sack, unendlich groß, unendlich auffüllbar; heimlich, still und leise umhüllt sie die ganze Welt. Wenn es Nacht wird, stecken wir alle in einem Sack, aus dem niemand hinausschlüpfen kann. Schließlich gewöhnen wir uns daran und lernen, in diesem dunklen Sack zu leben, arrangieren dort Lampen und Lämpchen, in der Absicht, alles aussehen zu lassen wie bei Tag; leider bekommen wir es niemals hin, die Helligkeit des Tages zu imitieren; was das Leben im Sack reichlich langweilig werden lässt. Weshalb der Großteil der Nachtzeit mit Schlafen verbracht wird.

Auch die Katzen werden in den Sack gesteckt, manchmal werden sie still und unauffällig eins mit dem Sack, manchmal toben sie herum, als wollten sie den Sack zerreißen.

Mein Mann und ich lagen im Bett und hörten deutlich,

wie der Kater im Wohnzimmer an etwas seine Krallen wetzte. Dem Geräusch nach tollte er gerade auf dem Sofa herum, von einem Ende zum anderen. Glücklicherweise hatte ich mit dem Kater längst eine stille Vereinbarung getroffen: Zwar konnte ich in der stockfinsteren Nacht anhand des jeweiligen Geräuschs erahnen, was er gerade trieb, würde ihm aber dabei nicht in die Quere kommen, selbst wenn zu befürchten war, dass er etwas kaputt machte. Denn im Dunkeln sieht man nichts, und was man nicht sieht, darf man als ungeschehen betrachten.

Tagsüber widmete der Kater sich ganz dem Schlafen; er schlief, so viel er konnte, schlief sich satt, um dann nachts die geballte ungenutzte Energie darauf zu verwenden, im schwarzen Sack herumzutoben, besser gesagt, den schwarzen Sack tobend zu inspizieren. Bislang hatte niemand sagen können, wie groß der Sack eigentlich war. Der Kater versuchte, es herauszufinden, aber der Sack war ziemlich groß und die Nacht dauerte nicht ewig; er konnte immer nur einen Teil davon auskundschaften, denn sobald es hell wurde, löste sich der Sack in Nichts auf.

Wenn es Nacht wurde, zündete der Kater das Licht in seinen Augen an und zwei grüne Lämpchen leuchteten darin auf. Trotz der vollkommenen Dunkelheit sah er alles, wusste genau, wo er war, und überlegte sich, was er tun wollte. Nicht eine erleuchtete Umgebung machte ihn sehend, sondern das Leuchten seiner Augen. Diese Augen waren von der Dämmerung bis zum Morgengrauen angeschaltet und das ganz ohne Stromverbrauch.

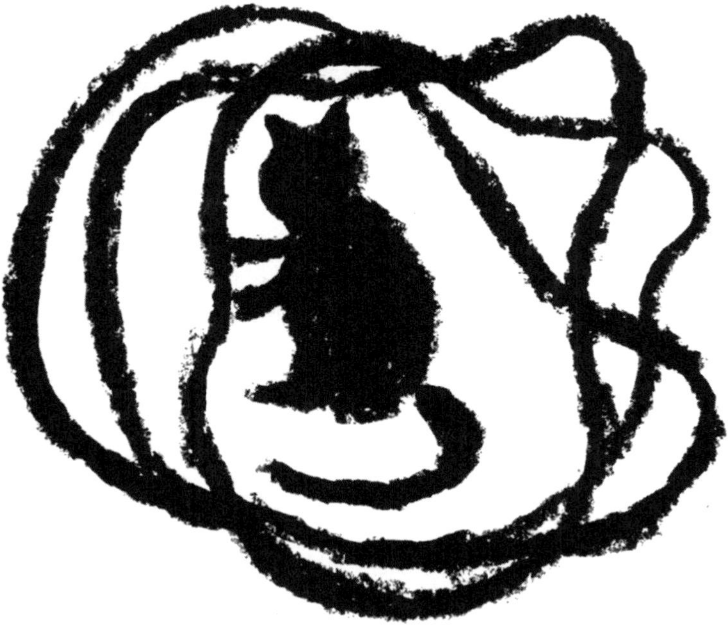

Blieb der Kater unbeweglich an einer Stelle sitzen, dehnte sich der Sack sofort ins Unermessliche; lief er mit seinen leuchtenden Augen umher, spähte er alle Ecken aus und stieß an seine Ränder. Möglicherweise stieß er dabei auf einen Nagel, ein Feuerzeug, eine Schere … alles, was er berührte, definierte die Grenzen des Sacks. Er tastete sich durch die Dunkelheit und maß mit seinem Körper den Umfang des Sacks aus. Wenn seine Krallen dabei das Sofa zu fassen bekamen, wenn er Gegenstände herumwirbelte, sie auf den Kopf stellte, ein Buch zerfetzte … konnte man das eine Begegnung mit den Wänden des Sacks nennen. Dieser Sack war mal größer, mal kleiner. War er groß, passten alle Dinge dieser Welt hinein und es blieb sogar noch Platz; war er klein, schloss er sich dicht um den Kater und dieser stieß mit der kleinsten Bewegung an seine Ränder.

12

WASSERKOCHEN

Der Kater machte oft glucksende Geräusche, wie einer dieser rundbauchigen, randvoll gefüllten Wasserkessel. Ich musste ihm nur ein wenig den Bauch kraulen, schon geschah Magisches.

Wenn der Kater Wasser kochte, blubberte es, als hätte ich den Gashahn aufgedreht; tief im Katzenbauch loderte eine Gasflamme, deren Hitze alles in seinem Inneren zum Kochen brachte, bis der Dampf ordentlich Druck im Wasserkessel erzeugte. Das ging blitzschnell. Zwei Sekunden, und das Wasser kochte, dampfte und blubberte.

Wenn das Wasser heiß war, kniff der Kater die Augen zusammen und schlief ein. Das Gluckern wurde zu einem leisen Schnurren. War zu viel Wasser im Kessel, troff es dem Kater aus den Mundwinkeln.

Selbstverständlich durfte man einen Kessel frisch gekochtes Wasser nicht sinnlos vergeuden, man musste das heiße Wasser ausgießen, ein Getränk damit aufbrühen, eine Tasse Kaffee zum Beispiel, das war immer eine gute Idee. Der Geschmack war wie gewohnt. Noch wichtiger war es, dabei in ein Zimmer zu gehen, in dem sich vorübergehend keine Katze befand, und den Moment in Ruhe allein zu genießen. Schließlich war der Kater sehr geruchsempfindlich. Kaum dass er etwas Gutes zu essen oder zu trinken witterte, kam er herbeigerannt und scharwenzelte um mich herum.

War der Kater allein, kochte er niemals Wasser. Das wäre auch eine Verschwendung gewesen, denn er trank es nicht, er trank ausschließlich Wasser, das ich ihm gab. Ich musste nur den Wasserhahn aufdrehen, schon war er zur Stelle, hockte sich direkt neben den Hahn und schlabberte mit der Zunge die kalte Flüssigkeit auf, schlappschlappschlapp; das war für ihn köstlicher als eine Schale stehendes Wasser.

Das Wasser im Bauch des Katers nutzte hauptsächlich ich, nicht nur, um damit einen Tee aufzubrühen, sondern auch, um im Winter meine Füße darin zu wärmen. Ich stellte beide Füße in eine Schüssel heißes Wasser und spürte ein leichtes Blubbern unter meinen Sohlen, so als müsste der Kater dringend rülpsen. Im Grunde musste ich das Wasser nicht einmal eingießen, es genügte, ihm meine Füße auf den Bauch zu legen, um seine Wärme abzubekommen. Binnen kürzester Zeit hatte ich warme Füße.

Das Wasser im Bauch des Katers wurde nie gewechselt, wurde dennoch nie knapp und blieb stets frisch. Einmal ausgegossen, stieg es sofort wieder auf das ursprüngliche Niveau an. Der Bauch des Katers war ein tiefer, altertümlicher Brunnen, dessen Quelle niemals versiegte.

Anders als bei einem Wasserkessel stieg aus dem Kater kein heißer Dampf auf. Bei ihm hob und senkte sich nur der Bauch, als wäre inwendig etwas im Aufruhr. Legte man das Ohr an seinen Bauch, hörte man ein fortgesetztes Rumoren, als wäre dort eine große Wasserpumpe am

Werk. Kein Wunder, dass dem Katzenbauch das Wasser niemals ausging, wo doch der Kater offensichtlich mit einer verborgenen Wasserpumpe ausgestattet war. Setzte die Pumpe ein, ergoss sich ein Wasserstrahl in seinen Bauch, der sich während des Pumpvorgangs erhitzte, und im selben Augenblick begann das unaufhörliche Blubbern. Als mein Mann dieses Geräusch zum ersten Mal hörte, erschrak er sich zu Tode, dachte, der Kater wäre wütend und würde ihn gleich angreifen und ließ ihn so abrupt fallen, dass der Arme erschrocken türmte und sich versteckte. Ich stand daneben, lachte mich tot und klärte ihn darüber auf, dass dieses Gluckern nur ein Zeichen dafür war, wie wohl der Kater sich fühlte.

Immer noch skeptisch, legte mein Mann ein Ohr an das Fell, und schon reckte ihm der Kater träge seinen leuchtendweißen Bauch entgegen. Als er sachte darüber strich, fing er sofort wieder an zu gluckern, ein gut dreißig Grad warmer Kessel voll mit hundert Grad heißem Wasser. Wasser, das nie vergeudet wurde; ein Kessel, der ewig weiterkochte.

13

KATZENWÄRMFLASCHE

Mein Mann kam aus dem Norden und beschwerte sich deshalb in jedem Winter darüber, dass es im Süden keine Heizungen gab; eine Knochenkälte sei das, der Winter im Süden niste sich hartnäckig in die Glieder ein, und der eiskalte Wind in Kombination mit der Feuchtigkeit fahre unter die Haut und lasse einen bibbern, da könne man gleich eine Eiscrememanufaktur aufmachen etc.

Zuhause war es tatsächlich ziemlich kalt, und der Wind drang durch alle Ritzen. Mein Mann mummelte sich ein, blass und mit zusammengepressten Lippen. Mit dem Kater auf dem Schoß saß ich neben ihm, keiner von uns sagte ein Wort. Für mich war das bisschen Kälte nicht der Rede wert. Der Kater schlief friedlich auf meinem Schoß, während ich ihn kraulte, und langsam breitete sich von meinen Fingerspitzen her wohlige Wärme aus, die den ganzen Katzenkörper durchdrang, der seine Kälte hinter sich ließ und sich gemächlich aufheizte. Dabei lag der Kater unbeweglich auf meinen Beinen, wie eine Wärmflasche. Er verfügte über ausreichend Hitze, um mir etwas davon abzugeben, und trieb mir gründlich jedes Kältegefühl aus.

Als ich ihn an meinen Mann weiterreichen wollte, damit auch er sich an ihm wärmen konnte, hörte ich das Wasser in seinem Magen gegen die sich wölbende Bauchdecke schwappen, wie Wellen an den Strand. Wundersamer Kater! Erst war er ein Wasserkessel, dann eine Wärmflasche – was im Grunde ungefähr dasselbe war, außer dass sich die Katerwärmflasche bei der Berührung weich und angenehm anfühlte, zum Niewiederloslassenwollen.

Mein Mann nahm den Kater, vergrub sein Gesicht im Fell und streichelte ihn sachte. Ich beobachtete, wie sein Kopf sich rötete und seine verkniffenen Gesichtszüge sich wieder entspannten.

Nachdem der Kater ihn aufgetaut hatte, war mein Mann wieder ganz er selbst. Gern hätte ich den Kater umgehend zurückgefordert, aber es war zu spät; mein Mann ließ ihn nicht mehr los, hielt beide Hände ins Fell vergraben, damit niemand ihn raubte und er die Wärmflasche für sich allein beanspruchen konnte.

Am Kater konnte man sich wärmen. Auch ohne dass man ihn im Arm hielt, verbreitete er überall in der Wohnung, wo auch immer er sich gerade herumtrieb, seine Wärme. Er war eine mobile Wärmflasche, die ganz ohne

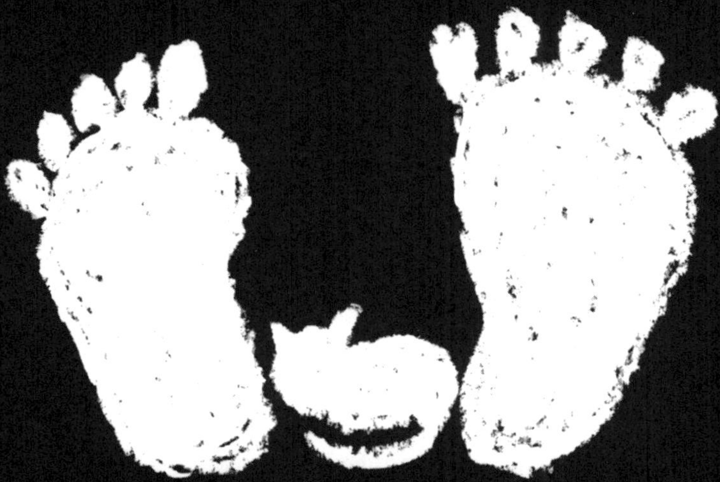

Strom auskam, nicht einmal aufgefüllt werden musste er; mithilfe der ihm innewohnenden Wasserkesselfunktion erhitzte er sein eigenes Wasser. Brauchte jemand Wärme, begann sein Inneres zu blubbern. Da er die Hitze vierundzwanzig Stunden speicherte, konnte man ihn rund um die Uhr in den Arm nehmen und sich an seiner unvergleichlichen Wärme freuen.

Überall dort, wo die gluckernde Wärmflasche hinlief, hinterließ sie eine Hitzespur.

Obwohl der Kater sich von selbst aufzuwärmen vermochte, kroch er gerne unter meine warme Bettdecke, um sein samtweiches Fell zwischen meine Füße zu zwängen, was mir nicht das kleinste Kitzeln, sondern ein enormes Wohlgefühl bescherte. Unbewusst schmiegte sich der Kater an meine kältesten Stellen und versorgte meine Füße mit der entbehrten Wärme. Den ganzen Winter über schlief er an meinen Füßen. Wer warme Füße hat, dem ist überall warm. War ich einmal gut aufgewärmt, tauschten der Kater und ich gegenseitig unsere Hitze aus, füllten unsere Wärmespeicher auf und sorgten für eine rundum ausgeglichene Körpertemperatur. Auf diese Weise verlor der Kater seine Wärme nicht an mich, er steigerte sie sogar.

Auch tagsüber schlüpfte der Kater gern unter die Bettdecke und schlief dort den lieben langen Tag. Sah man eine Wölbung unter der Bettdecke, handelte es sich mit an Sicherheit grenzender Wahrscheinlichkeit um den schlafenden Kater. Hob man die Decke an, lag er zusammengerollt da, blinzelte mich träge an und schlief weiter. Steckte man die Hand zwischen Matratze und Kater, spürte man sofort die Gluthitze. Ich fragte mich, ob der Kater nicht von dieser fortgesetzten Hitze geröstet wurde, aber vielleicht war es genau umgekehrt: Weil er so gut durchgeröstet war, war er permanent kochendheiß. Warum sonst?

14

PRIVATBESITZ

Der Mensch hat viele Mängel, neigt zu Rechthaberei und fühlt sich gern überlegen. Ich war da selbst keine Ausnahme und gab mich daher der vergeblichen Hoffnung hin, den Kater als meinen Privatbesitz betrachten zu können. Schließlich war ich diejenige, die ihn aufgelesen hatte, die ihn regelmäßig fütterte und sich um seine Hinterlassenschaften kümmerte, also gehörte er mir und sollte meinen Anweisungen und Vorstellungen folgen.

Ich erteilte ihm typische Katzenbesitzerinbefehle: Bleib brav dort liegen, lauf jetzt nicht weg, lass dich schön streicheln. Wenn er schlief, wollte ich ihn wecken, um mit ihm zu spielen … Dagegen konnte sich der Kater zwar schlecht wehren, schließlich war ich die Stärkere und konnte ihn einfach hochheben. Aber dann kooperierte er nicht, lief ungefragt davon, zog eine sauertöpfische Miene und ließ mich seine ganze Verachtung und

Missbilligung spüren, so dass mir unmittelbar jede Lust auf Beschäftigung mit ihm verging. Ich kam mir ausgesprochen belanglos vor. »Pah!«, schien er zu sagen. »Ich spiele mit dir, wenn *mir* danach ist.«

Herrin über eine Katze sein zu wollen, ist ein alberner Wunschtraum.

Oft schenkte der Kater mir keinerlei Beachtung, obwohl ich in seiner direkten Nähe war. Wenn ich ihn beim Namen rief, hob er bestenfalls kurz die Pfote oder drehte den Kopf zur Seite und blieb ansonsten vollkommen unbeeindruckt. Lag er auf meinem Lieblingsstuhl oder okkupierte meinen Arbeitsplatz, stellte er sich taub und behandelte mich wie Luft.

Der Kater nahm nicht nur meinen Stuhl in Beschlag, sondern gern auch mein Kopfkissen, und ich musste zusehen, wo ich schlief, musste ein zusätzliches kleines Kopfkissen unter das andere schieben. Der Kater schlief dann praktisch auf meinem Kopf und trat mich im Schlaf, so dass ich häufig aufwachte. Das Bett selbst nahm er ebenfalls in Besitz, außerdem das Sofa, den Schreibtisch und meinen Mann. Er nutzte ihn als Nest, kuschelte sich seelenruhig auf seinen Schoß, wie ein verwöhntes Kind. Wenn mein Mann ihn dann mit dem Zeigefinger neckte, war er völlig vom Kater absorbiert und vergaß alles um sich herum. Schlief der Kater auf seinem Schoß ein, rührte mein Mann sich nicht mehr von der Stelle und redete nur noch im Flüsterton, um ihn nicht zu wecken.

In Wahrheit war der Kater das Herrchen, nahm sich, was er wollte, und niemand wagte, sich seinem Willen zu widersetzen. Er mochte es nicht, wenn man ihn gegen seinen Willen in den Arm nahm, es sei denn, er ließ sich von selbst dazu herab. So krallte und kratzte er tagtäglich an mir und meinem Mann herum, benutzte uns mal als Trampolin, mal als Ruhekissen, um seine Besitzansprüche klarzustellen und zu überprüfen, ob wir noch unser Soll erfüllten und ihm ausreichend Zinsen einbrachten.

Beim Kräftemessen mit dem Kater zogen wir immer den Kürzeren. Mein Mann überließ ihm mit Freuden den Platz des Hausherrn. Nachdem der Kater diese Rolle übernommen hatte, degradierte er meinen Mann und mich zu reinen Funktionsgegenständen, zu Schaltknöpfen eines Apparats. Wir durften uns nicht rühren, bis er uns brauchte, und erst dann war es erlaubt, ihn anzufassen; brauchte er uns nicht, blieb er unauffindbar. Anders gesagt, wir wurden unsichtbar, damit der Kater es sich in Ruhe gutgehen lassen konnte. Bekam er Hunger, betätigte er den Schaltknopf und ich musste sofort zur Stelle sein, um seine Schüssel zu füllen; einmal satt, legte er den Schalter wieder um und ich durfte verschwinden. Ich strengte mich gehörig an, um ihm zu gefallen, versuchte, ihn mit seinem Lieblingsfutter zu locken, buhlte um seine Gunst, um ihn von mir abhängig zu machen, in der Hoffnung, dass er noch ein Weilchen bei mir verweilte. Aber jedes Mal zeigte er sich ausgesprochen undankbar, leckte nur die Schüssel leer und stolzierte

davon, drückte auf »Aus« und gab zu verstehen, dass er es ernst meinte.

Letztendlich war ich nicht mehr als der Privatbesitz des Katers.

Und da ich sein Privatbesitz war, schnüffelte der Kater mich jedes Mal beim Nachhausekommen gründlich ab, um sich davon zu überzeugen, dass ich keine fremden Gerüche mitbrachte. Haftete mir etwa der Geruch einer anderen Katze an, bekam ich großen Ärger. Empört lief er davon und würdigte mich tagelang keines Blicks.

15

GASKÖRPERKATZEN

Traf der Kater auf fließendes Wasser, kam er nicht auf die Idee, dass er und das Wasser nicht dasselbe waren, sein Instinkt sagte ihm, dass es da keinerlei Unterschied gab. Er verschwand rasch aus meinem Blickfeld, und ich hörte nur noch das Wasser rauschen.

Der Kater floss zum Bücherregal, über den Esstisch, den Schreibtisch, den Kleiderschrank, aufs Bett. Das sollte eine Katze sein? Am Ende floss er zu mir und machte jedes Stück meiner exponierten Haut klitschnass, nass geleckt von der Katzenzunge, einer flüssig gewordenen Katzenzunge, die auch mich zu Wasser machen wollte.

Nachmittags flossen wir dann durch die Räume, drifteten dorthin, wo die Sonne schien, unsere weichen Körper wanden und wandelten sich zu allen möglichen Formen, schöne und weniger schöne. Dem Kater fiel die Verwandlung stets leichter als mir, aber neidisch war ich nicht.

Für mich war es in Ordnung, das Riesengefäß zu sein, in dem der Kater seine Kunststückchen vollführte. Erst war er schmal, dann dick; erst war er stämmig, dann dürr; erst war er groß, dann klein; erst war er rund, dann eben; dann plötzlich wurde er zu einer echten Katze, und schließlich war er gar nichts mehr.

Der Kater verwandelte sich in ein Nichts.

Ich suchte ihn überall, im Wohnzimmer, in der Küche, auf dem Balkon, im Schlafzimmer, im Waschbecken. Ich rief seinen Namen. Ganz egal, wie Kater und Katze heißen, am Ende hören sie alle auf denselben Namen: Mimi.

Mimi!

Mimi!

Er antwortete nicht. Die Sonne stand gerade im Zenit, ihre Strahlen erhellten den von mir gerufenen Namen, eine gleißende Korona tanzte vor meinen Augen und schien an einem unsichtbaren Seil nach oben zu klettern. Schon hatte sie die Spitze des höchsten Gebäudes der Stadt erklommen. Dort leuchtete die Korona kurz in den sieben Farben des Farbspektrums auf, dann wurde sie durchsichtig. Wirklich hübsch, dieser milchige Lichtball. Eine gefühlte Ewigkeit lang starrte ich ihn an, bis sein Glanz allmählich verblasste.

Miau!

Miau!

Da tauchte der Kater wieder vor meinen Augen auf. Ich fragte ihn, wo er bloß gesteckt hatte. Doch dann sah ich die tanzenden Härchen auf seinem Fell und verstand: Der Lichtball von eben, das war der Kater! Der feste Kater hatte sich verflüssigt, der flüssige Kater war zu einem gasförmigen Kater verdunstet. Und jetzt war er wieder in seine ursprüngliche Form zurückgekehrt.

16

TRÄUME

Ich träumte häufig von Katzen, manchmal von welchen, die ich kannte, dann wieder von unbekannten Exemplaren. Manchmal tauchten sowohl bekannte als auch unbekannte Katzen gemeinsam in meinen Träumen auf. Immer mehr davon drängten sich in meinen Träumen, es wurde eng, einige passten nicht mehr hinein, andere zwängten sich dazwischen, ich nahm sie kaum mehr wahr.

Zum Glück gab es etliche Katzen, die bei mir einen so tiefen Eindruck hinterließen, dass sie am nächsten Morgen beim Aufwachen noch in meinem Kopf waren und bei aufgezogenem Vorhang weiterhin auf der Bühne standen.

Diese Katzen hatte ich sehr deutlich vor Augen, ich konnte genau wiedergeben, was sie im Traum gemacht hatten, und erzählte meinem Mann von den Katzenträumen. Er presste seine Lippen dicht an mein Ohr und flüsterte: Lass bloß unseren Kater nichts davon wissen!

So träumte ich ein ums andere Mal von fremden Katzen, konnte aber nicht sagen, ob auch der Kater mich in seinen Träumen sah. Dieser Gedanke beschäftigte mich unentwegt und ließ sich partout nicht abschütteln. Ich fragte meinen Mann, wie es mir wohl gelingen könne, herauszufinden, ob der Kater von mir träumte. Er antwortete: Frag ihn doch. Das könnte ich tun, antwortete ich, aber sag mir erst, ob du glaubst, dass ich eine Antwort bekomme. Geh hin und öffne dem Kater den Schädel und sieh hinein!, sagte er. Ich strafte ihn mit einem verächtlichen Blick. Er lachte. Ich habe doch nur Spaß gemacht, sagte er. Aber er wisse jetzt, wie ich Antwort auf meine Frage bekomme, ohne dass jemand verletzt würde, es sei ganz einfach.

Dann schlug er vor, ich solle gleichzeitig mit unserem Kater einschlafen, zu träumen anfangen und dann meinen und den Katzentraum miteinander verbinden, zu einem einzigen, durchgehenden Traum werden lassen. Hätte ich einmal den Weg gefunden, der von meinem Traum in den Traum des Katers führte, würde ich herausfinden, ob ich im Traum der Katze auftauchte. Dann könnten der Kater und ich gegenseitig unsere Traumsphären austauschen, er halte Einzug in meine Träume und ich in seine.

Noch am selben Abend wollte ich einen Versuch wagen.

Ich ging zur gewohnten Zeit schlafen, und der Kater sprang neben mich und beschlagnahmte wie üblich mein Kopfkissen, während ich meinen Kopf auf das Kissen darunter bettete. Um sicherzustellen, dass wir unsere Träume austauschen und miteinander verbinden konnten, drehte ich den Kater so, dass sein Kopf direkt an meinen anstieß. Er ließ es geschehen.

Sanft streichelte ich über sein Fell, und kurz darauf kündete ein zufriedenes Schnurren von seinem Schlaf, ein Ton, der auch mich ruckzuck einschlafen ließ.

Irgendwann vernahm ich das Miauen einer Katze, folgte diesem Klang, um zu sehen, woher er kam, und schon sprang mir eine Katze in den Weg, die ich noch nie gesehen hatte. Die Katze beäugte mich, dann lief sie vor mir her und führte mich durch einen sehr tiefen, stockfinsteren Tunnel. Sie trabte gemächlich, und ich trabte hinterher.

Ich weiß nicht, wie lange wir so hintereinander herliefen, bis endlich vor uns ein helles Licht auftauchte, ein Ausgang, wenn ich mich nicht täuschte. Wir trabten weiter in Richtung des Lichts, doch als wir uns der Lichtquelle näherten, war die Katze plötzlich verschwunden. Ich zuckte innerlich zusammen, doch da ich nun einmal schon so nah am Ausgang war, beschleunigte ich nach kurzem Zögern meine Schritte, stürmte entschlossen vorwärts. Dann stellte ich überrascht fest, dass ich ein Zimmer betreten hatte, das genauso aussah wie ein Zimmer in meiner Wohnung. Ich sah meinen Mann, der gerade mit dem monatlichen Hausputz zugange war und beim Saubermachen auf den Kater schimpfte, der auf der Tastatur seines Computers eine dreißig Zentimeter lange Wurst hinterlassen hatte.

Ich sah mich nach allen Seiten nach unserem Kater um, konnte jedoch keine Spur von ihm entdecken. Plötzlich rief jemand hinter mir: »He, was tust du da?« Ich zuckte erschrocken zusammen. Als ich den Kopf umwandte, war da niemand, auch mein putzender Ehemann war nicht mehr zu sehen, nur der Kater hatte sich unbemerkt neben seinen Computer gehockt. Er grinste mich an.

17

KATZENDÄMMERUNG

Als die Dämmerung den Epilog des Tages anstimmte, dimmte sich die Helligkeit auf ein erträgliches Maß herunter und blendete das ungeschützte Auge nicht mehr. Das ganze Gewicht der Dämmerung senkte sich auf den Bauch des Katers herab. Der Kater fühlte sich davon ganz und gar nicht beschwert, sondern reckte ihr den Bauch entgegen, um sie vollständig aufzunehmen.

Den ganzen Nachmittag über hatte der Kater schlafend die Hitze des Tages aufgesogen, die sich nun in seinem Bauch gesammelt hatte, das war sein großes Kapital – sein Schatz funkelnder Goldmünzen. Dieses Hitzekapital tauschte er nun gegen die Strahlen des orangerotrosafarbenen Abendlichts ein. Weich und diffus, wie sie waren, harmonierten diese späten Sonnenstrahlen perfekt mit der Beschaffenheit seines Katzenfells.

Der Tag war schon fast vollständig zur Neige gegangen, nur ein paar Überbleibsel wurden von den Wolken hochgehalten, letzte Sonnensplitter, die sich in unzähligen roten Strahlen über die Welt ergossen.

Erfolgreich holte der Kater die untergehende Sonne ins Haus und spaltete die Sonnensplitter in winzige Kristalle auf. Lautlos rollten sie über den Boden, bildeten dort unregelmäßige geometrische Muster. Der Kater schlief abwechselnd in jeweils einem dieser geometrischen Muster, er bevorzugte die Wärme der Sonnenmusterflecken gegenüber den Stellen, auf denen es keine Muster gab. Sie bildeten einen gemütlichen Teppich aus der ursprünglichen Wärme der Luft und dem zu winzigen Kristallen gewordenen Sonnenlicht, so winzig, dass sie schon beinahe unsichtbar waren. Der Kater breitete sich genüsslich darauf aus und nahm seine bevorzugte Faulenzerhaltung an, eingerahmt von den Mustern, aber nicht darin eingesperrt. Wie eine dünne Decke legten sie sich über seinen Katzenkörper.

Mit der sinkenden Dämmerung verschoben sich allerdings die Muster, was den Kater dazu zwang, fortwährend seine Position anzupassen. Immer wieder reckte er die Pfoten und wetzte die Krallen, um der Dämmerung Räume abzutrotzen, in denen er die Sonnenhitze bewahrte; mal mehr, mal weniger, mal nah, mal fern, stärker oder schwächer, gerade so, wie es seiner Katzennatur entsprach. Der Kater wusste, dass die Erde sich dreht und die Sonne jeden Tag wiederkehrt und er die Dämmerung noch oft wiedersehen würde, immer ähnlich und immer neu.

Warum dann zelebrierte er sie jedes Mal wieder, als wäre sie etwas Besonderes? Diese Entschlossenheit, jede gewöhnliche Dämmerungen zu etwas Ungewöhnlichem zu machen, entsprach vermutlich seinem Charakter.

War der Kater guter Laune, verstand er es, die Dämmerung um drei Meter zu verlängern, so dass die Sonne erst drei Meter weiter hinter dem Horizont versank. Um wie viel kürzer die Nacht zeitlich durch diese Verschiebung wurde, war eine Berechnung, die nur der Kater anzustellen wusste.

All sein Bemühen galt dem Zweck, dafür zu sorgen,

dass mein Mann und ich vor dem Dunkelwerden nach Hause kamen. Kamen wir spät nach Hause, wurde es später dunkel; kamen wir früh nach Hause, wurde es früher dunkel. Der Kater setzte alles daran, die Muster der Abendsonne bis zu unserer Rückkehr zu bewahren, damit wir noch in Ruhe in unsere Hausschuhe schlüpfen und damit über die geometrischen Muster trampeln konnten.

Ob die Muster in Wirklichkeit nicht schon längst verschwunden waren, spielte dabei keine Rolle, denn der Kater hatte mit den Löchern, die er in die Luft geschlagen hatte, vorgesorgt. Solange es diese kleinen Räume gab, bewahrte sich darin etwas von der Hitze des Tages. Ganz egal, wie spät wir nach Hause kamen, spürten wir noch einen Rest Wärme im Zimmer, der von der Dämmerung übrig geblieben war.

Die größte Freude aber bereitete es dem Kater, wenn wir pünktlich zur Dämmerung zurückkamen. Dann konnte er nach Belieben die von ihm ersonnenen Lichtmuster auf dem Boden verteilen und musste nicht erst das nächste Mal abwarten.

Wenn der Kater in solchen Augenblicken auf unseren Schoß sprang, tauchten wir gemeinsam in die letzten Strahlen der Abenddämmerung ein.

18

FLIEGENDE KATZEN

Vor zwei Sekunden war das junge Kätzchen aus dem vierten Stock vom Fenstersims gesprungen.

Ich wollte einen schrillen Schrei ausstoßen, aber er blieb mir im Halse stecken wie eine Fischgräte. Ringsum herrschte Stille. Mit offenem Mund stand ich wie angewurzelt da und verfolgte mit den Augen die Bewegung des Kätzchens. Jede Sekunde kam mir vor wie ein Jahr.

Eine schnelle Abfolge unterschiedlicher Szenarien blitzte vor meinem inneren Auge auf, eins grauenvoller als das andere, ich bekam Gänsehaut. Was ich sah, war der Vorgang, woran ich dachte, war das Resultat, unzählige Resultate, die dieser Vorgang zur Folge haben könnte, bis sich Vorgang und Resultat zusammensetzten, zu einem vollständigen Ereignis verbanden, das ich erwartete, aber nicht zu Ende denken wollte.

Noch größere Augen machte ich, als ich die Katze über meinen Kopf hinwegfliegen sah, alle viere von sich gestreckt, so als wären zwischen ihren Vorder- und Hinterpfoten unsichtbare Flügel gewachsen, die sie nur ausreichend aufspannen musste, um vom Luftstrom getragen zu werden und in stabiler Bahn abwärts zu gleiten. Zwischen den Katzenkrallen befand sich demnach eine Art hauchdünner Schwimmhaut und für einen gelungenen Gleitflug genügte es, mit aller Kraft die Zehen zu spreizen.

Mit diesem Bild vor Augen bestand für mich kein Zweifel mehr daran, dass Katzen zur Gattung der fliegenden Tiere gehörten, noch dazu konnten sie eine Ewigkeit lang durch die Lüfte schweben. Falls die Katze nicht damit aufhörte, nicht aufhören wollte, nicht aufhören konnte, würde das Resultat, das ich mir ausgemalt hatte, niemals eintreten. Also hoffte ich, sie möge für immer so weiterfliegen, wie ein Perpetuum Mobile, dem niemals die Antriebskraft ausgeht.

In diesem Augenblick bewunderte ich nur noch die Leichtigkeit dieses Flugs, ohne mich zu fragen, wie es überhaupt geschehen konnte, dass die Katze das Fenster aufgestoßen hatte und hinausgesprungen war, anstatt die Treppe zu nehmen oder einfach den Aufzug.

Gedankenverloren starrte ich der Katze nach, unendlich dehnten sich die Sekunden, doch sie stürzte nicht ab. Mich kümmerte nicht, wohin die Katze flog oder wann sie landete; mich interessierte nur noch, dass sie flog.

Tatsächlich wechselte die Katze sehr schnell in einen gleichmäßigen Fall, allerdings in parabelförmiger Flugbahn. Als sie auf dem Boden landete, kniff ich unwillkürlich die Augen zu, da ich fürchtete, das Bild vor meinen Augen könnte mit der Landung der Katze zerschellen.

Langsam öffnete ich die Augen. Das Bild war nicht zerschellt, die Katze war wohlbehalten. Nur kurz, ganz kurz blitzte in ihren Augen ein diffuser Schrecken auf. Sie inspizierte ihre Umgebung, und schon verschwand sie auf nicht nachvollziehbarem Weg aus meinem Blickfeld.

Ihre Flugkünste hatten die Katze gerettet, vermutete ich, wagte aber nicht, nach ihr zu suchen, um mich mit eigenen Augen von ihrer Unversehrtheit zu überzeugen. Ich sah auf die Uhr. Sieben Uhr fünfundfünfzig. Ich fühlte mich ohnehin hellwach und beschloss, ein bisschen vor die Tür zu gehen. Der Gemüsemarkt in der Nähe musste schon offen sein, sagte ich mir.

Als ich mit den Einkäufen in der Hand nach Hause kam, hörte ich, wie die Nachbarn den Auftritt vom frühen Morgen kommentierten. Man erzählte sich, dass eine Katze in dieser und jener Haltung am Fenster vorbeigeflogen sei, so, als handelte es sich um ein Märchen, ein vollständiges Drama mit Einleitung, Wendepunkt und Ende – wobei man zu dem Schluss kam, dass man den Besitzern der Katze die Leviten lesen sollte. Mit den Einkäufen in der Hand betrat ich mit den diskutierenden Nachbarn zusammen den Aufzug, ignorierte die Stimmen, die den Katzenhaltern Vorwürfe machten, und hielt mich an die Stimmen, die erzählten, wie die Katze an ihrem Fenster vorbeigeflogen war. Nun verfügte ich über ein vollständiges Bild des bravourösen Katzenflugs. Ich stand im Aufzug und flog nach oben.

19

KATZENOHREN

Im Laufe eines Tages wendeten sich die Ohren des Katers erst um hundertachtzig Grad in die eine, dann wieder um hundertachtzig Grad in die andere Richtung, also einmal um dreihundertsechzig Grad, rundherum. Die Katerohren beschrieben einen Kreis, keinen gewöhnlichen Kreis, sondern einen Zickzackkreis, Töne umrundeten ihn, und seine Öhrchen drehten und wendeten sich, um vielfältige Signale zu empfangen wie eine kleine Radarstation. Egal, wohin er ging – die Töne schienen wie von selbst mit Händen und Füßen die feinen Härchen an den Katzenohren zu packen. Das kleinste Geräusch vermochte den Kater zu alarmieren.

Der Kater hörte viele Klänge, die der Mensch nicht wahrnahm. Beim kleinsten Geräusch schreckte er auf, wobei sich seine sämtlichen Gliedmaßen verdrehten, vor allem der Hals, als bestände er aus hundert Einzelteilen, die gleichzeitig in Bewegung gerieten und die Geräusche an den Katzenkörper übermittelten. Mit jeder Bewegung seines Körpers weiteten und verengten sich seine Katzenpupillen.

Sein sensibles Gehör bot dem Kater eine Menge abwechslungsreichen Zeitvertreib. Tag für Tag jagte er diesen für Menschen unhörbaren Tönen hinterher, es war eins seiner Lieblingsspiele. Scheinbar grundlos schoss er in ein Zimmer hinein und von dort wieder ins erste zurück, bis er völlig außer Atem war; nur erkannte man nie, wonach er eigentlich jagte oder mit wem er spielte. Waren diese mysteriösen, unerwarteten Gäste nun Freund oder Feind? Worum handelte es sich? Es machte mich neugierig; ich war begierig darauf, zu erfahren, wie diese Spielgefährten beschaffen waren, welche Faszination sie auf den Kater ausübten, der davon ganz von Sinnen und obendrein angriffslustig wurde.

Obwohl ich ihn heimlich beobachtete, entdeckte ich nicht den Hauch eines Hinweises. Sicher war lediglich, dass jene Wesen existierten, warum sonst sollte der brave Kater ohne Vorwarnung plötzlich ein anderer werden und uns so restlos verwirren. Als lauerte irgendwo Gefahr. Der Kater verfolgte die geheimnisvollen Wesen, kesselte sie ein; oder sie verfolgten den Kater und drängten ihn in eine Ecke.

Das rechte und das linke Ohr des Katers kommunizierten miteinander. Jedes Mal, wenn man ihm sagte, er solle sitzenbleiben und schön ruhig sein, dann floss

das Gesagte vom linken Ohr ins rechte Ohr und dort vollständig wieder raus und versickerte im Nirgendwo. Der Kater hatte noch nie auf mich gehört und sich keins meiner Worte zu Herzen genommen. Und so rannte er weiter unbekümmert durch die Wohnung. Ich tröstete mich mit dem Gedanken, dass er meine Sprache nicht verstand.

Die Katzenohren waren zusätzlich mit einer Art Filter ausgestattet, mit deren Hilfe er allein die Töne, die er gern mochte, in seinen Ohren bannte. Das blecherne Klacken beim Dosenöffnen zum Beispiel, das Rauschen der Klospülung, das Schaben der aufgehenden Wohnungstür ... Kaum hörte er einen dieser Klänge, sprang er sofort herbei und verfiel in einen unerhörten Freudentaumel. Er hob sich seine Lieblingsgeräusche gut auf, damit identifizierte er sie als etwas, das ihm allein gehörte.

Am liebsten mochte der Kater den Wind, denn der trug allerlei bunte Melodien mit sich, solche, die er selbst gerne hören und bewahren wollte, und solche, die der Wind gern behalten und wieder mitnehmen durfte. Er war wie ein Flohmarkt, den der Kater besuchte, um sich etwas auszusuchen. Er war ein äußerst wählerischer Kunde, nicht bei jedem Windstoß war ein passendes Geräusch für ihn dabei. Unabhängig davon mochte es sein Spieltrieb, wenn der Wind vorbeikam.

Manchmal präsentierte der Kater dem Wind einen der kostbaren Klänge, die er in seinen Ohren aufbewahrte; der Wind strich dann um die Trophäe herum und machte damit deutlich, dass er diesmal genau dieses Geräusch dabeihatte. Das verstand der Kater sofort und sprang dem Wind hinterher. Der Wind war schneller, aber er versuchte, ihn einzuholen. Der Wind versteckte die Lieblingsgeräusche des Katers für ihn in einer Dose, im Klo, im Türspalt, und wenn er die passenden Geräusche entdeckte, sprang er hoch, um sie zu packen, voller Dankbarkeit gegenüber dem Wind.

Das Innenohr des Katers übermittelte seine Freude an das Außenohr, und das Außenohr übermittelte sie dem Wind. So bekam der Wind seine Freude zu spüren und transportierte sie weiter, an andere Orte. Es dauerte nicht lange bis die Freude von fremden Winden aufgegriffen und in alle Richtungen verteilt wurde.

Der Kater fand das gar nicht schlecht. Er machte keinen Unterschied zwischen den Winden; genauso wenig wie zwischen einer Freude und einer anderen; es war ein und dieselbe Freude.

20

KATZENVERSTECK

Einmal wurde ich gefragt, ob es Katzen nicht auch mal langweilig werde, und ich antwortete: Ich weiß es nicht, ich habe nie darauf geachtet. Das brachte mich dazu, das Leben meines Katers genauer zu observieren, und es stellte sich heraus, dass er so gut wie die meiste Zeit mit Schlafen verbrachte.

Häufig spazierte er von einem Ende des Wohnzimmers zum anderen, das waren nicht einmal fünf Meter; aber ich beobachtete, wie er sich auf diesem kurzen Stück immer wieder hinlegte und ihm schon die Augen zufielen. Hätte ich ihn nicht gerufen, er wäre in der nächsten Sekunde unweigerlich eingeschlafen.

Ich hatte keine Ahnung, woher dieses ausgeprägte Schlafbedürfnis kam. Es heißt, dass Katzen siebzig Prozent ihres Lebens mit Schlafen zubringen. Beneidenswert! In meinen Augen war es ein absoluter Luxus, so viel schlafen zu können, wie man wollte. Ich litt häufig unter Schlaflosigkeit, lag wach auf dem Bett und wälzte mich hin und her, wie eine Frikadelle in der Pfanne. Der Kater aber war binnen Sekunden eingeschlafen. Er hätte mir ruhig etwas von seinem Schlaf abgeben dürfen. Könnte er nicht ein bisschen weniger schlafen und ich dafür ein bisschen mehr? Das wäre nur fair.

Während er schlief, stupste ich ihn mit der Fingerspitze an. Er öffnete einen Spalt weit die Augen, sah, dass ich es war, machte die Augen beruhigt wieder zu, wechselte die Stellung und schlief weiter. Ich stupste ihn noch einmal an, mit demselben Ergebnis, er ignorierte mich einfach. Also stupste ich ihn weiter an, um ihn aufzuwecken, ein ums andere Mal, bis er es schließlich leid war und aufstand, einen Buckel machte, sich reckte und gemächlich davontrabte, meiner Existenz keinerlei Beachtung schenkend.

Um nicht weiter von mir behelligt zu werden, suchte der Kater sich dann einen neuen Schlafplatz. Ich kam gar nicht nach damit, herauszufinden, wo er jetzt schon wieder schlief. Er wollte sich vor mir verbergen, und so suchte er nach immer neuen Verstecken, während ich nach immer neuen Wegen suchte, um ihn zu finden. Wir spielten miteinander das Katzenversteckspiel.

Der Kater lag dann zusammengerollt an einem verborgenen Plätzchen, die Augen geschlossen, dösend oder schlafend, ohne das kleinste Geräusch von sich zu geben; nicht leicht, ihn so zu entdecken. In einer Schublade, im

Kleiderschrank, unter dem Bett, hinter der Tür – das waren beliebte Katzenverstecke. Einmal in seinem geheimen Winkel kam er, wenn er nicht gerade Hunger hatte oder ein Geräusch ihn aufschreckte, so schnell nicht mehr zum Vorschein; er konnte gut und gerne den ganzen Tag an diesem Ort verbringen. Aber es war schließlich meine eigene Wohnung, wie sollte er mir da einen ganzen Tag lang verborgen bleiben?

Ich hielt es nicht aus, wenn der Kater für eine Weile aus meinem Sichtfeld verschwand. Nach kurzer Zeit machte ich mich daran, sein Versteck ausfindig zu machen. Fand ich ihn nicht auf Anhieb, wurde ich nervös, saß wie auf Nadeln und schwirrte auf der Suche nach dem Kater wie eine verirrte Fliege durch die Wohnung.

Letztendlich war ich diejenige, die gelangweilt war, nicht der Kater.

Je mehr ich bestrebt war, das Katzenversteck aufzuspüren, umso ungeduldiger wurde ich, fürchtete, dass ausgerechnet dann, wenn ich den Kater brauchte, nicht mal der Schatten eines Katers zu haben war. Er wechselte, wie zuvor, immer wieder in ein neues Versteck; bemerkte er, dass sein Versteck aufgeflogen war, suchte er sich eben ein anderes.

Manchmal gelang es ihm, sich so gut zu verstecken, dass ich ihn partout nicht finden konnte – selbst der Kater konnte sich nicht mehr finden. Dann kam er erst sehr spät wieder hervor, hungrig und erschöpft, und stürzte sich beim Anblick des Katzenfutters auf den Napf, um

alles gierig herunterzuschlingen. Vermutlich hatte er sich so gut versteckt, dass er nicht mehr herausfand, und der Weg zurück ihn große Mühe gekostet hatte.

Also half ich ihm, sich selbst zu finden, bis ich zu müde zum Weitersuchen war. Eines Tages saß ich erschöpft auf dem Sofa, als mein Blick am Fernsehschrank hängenblieb, unter dem unversehens ein haariger Katzenschwanz hervorlugte, der sich munter nach rechts und links schlängelte. Reflexartig sprang ich vom Sofa, um nach dem Schwanz zu schnappen.

Der Kater versuchte mit aller Kraft zu fliehen, wir zogen beide in entgegengesetzte Richtungen. So veranstalteten wir miteinander ein kurzes Tauziehen, bis der Kater fauchend den Kopf unter dem Schrank hervorreckte und mich mit einem Blick bedachte, der mir sofort alle Kraft für das Weiterkämpfen raubte. Kurz darauf entspannte er sich und wurde wieder so weich und wendig wie zuvor.

Der Kater war gefunden, und wir waren beide glücklich und zufrieden.

21

DIE KATZENFRAU

»Meine Frau ist wie eine Katze«, sagte mein Mann eines Tages.

Als ich das hörte, ertappte ich mich dabei, wie gut mir, besagter Ehefrau, diese Aussage gefiel. Jetzt sagt er bestimmt gleich: »Meine Frau ist so selbstständig, elegant und verführerisch wie eine Katze«, dachte ich.

Aber da konnte ich lange warten. Er sagte nichts dergleichen, er sagte gar nichts mehr. Er hatte offenbar nur den ersten Satz sagen wollen, und dementsprechend folgte kein zweiter Satz.

Ich musste mich etwas länger gedulden; schließlich lebten wir zusammen, weshalb es ausreichend Zeit dafür gab. Ich verzichtete darauf, nachzufragen, schließlich würde die erhoffte Antwort irgendwann von selbst kommen. Ich wartete. Und wartete. Meine Erwartungen nahmen, je länger es dauerte, nicht etwa ab, sondern zu, bis ich mir irgendwann einbildete, ich wäre eine Katze und hätte auch den geheimnisvollen Charakter einer Katze. Es gibt Menschen, die gern das Wesen einer Katze nachahmen und sich deren unbezwingbaren und undurchschaubaren Charakter zu eigen machen. Eine katzenhafte Frau ist zweifellos ein zauberhaftes Geschöpf, nicht etwa wegen einer verspielten Leichtfertigkeit, sondern weil sie eine starke Faszination auf ihre Mitmenschen ausübt. Jemand, dem man sich gerne nähern möchte, aber zu dem man doch lieber eine angemessene Distanz bewahrt.

Frauen gehören schon immer zu den Lebewesen, die Katzen am ähnlichsten sind. Eine katzenartige Frau sollte biegsam und widerstandsfähig zugleich sein – und genügend Geduld aufbringen, um auf eine Antwort zu warten. Ich hatte es nicht eilig und wartete ab. Eine ganze Weile verging; mein Mann zeigte unterdessen nicht den geringsten Willen, irgendwann mit dem zweiten Satz herauszurücken Er schien die Sache längst vergessen zu haben. Meine Geduld war bald am Ende; was auch immer an Ähnlichkeit zwischen mir und einer Katze vorhanden war, nutzte sich rasch ab.

Bei einer Gelegenheit hatte ich sogar das deutliche Gefühl, eine Katze flöge aus mir heraus und löste sich in Luft auf. Damit war mein Katzenwesen endgültig verloren, und ich malte mir die schlimmsten Dinge aus, fragte mich, was hinter dem Verhalten meines Mannes steckte, warum er bloß mit dem zweiten Satz so hinter dem Berg hielt?

Nachdem ich meine Katzenhaftigkeit verloren hatte, reagierte ich leicht gereizt und aufbrausend, beim geringsten Anlass wurde ich nervös und mein Selbstbewusstsein war dahin. Wenn ich mich im Spiegel betrachtete, erkannte ich mich selbst kaum wieder; äußerlich blickte mir derselbe Mensch entgegen, aber es war nicht der Mensch, der ich sein wollte.

So vergingen die Tage, und ich verkümmerte zunehmend. Dann stand auf einmal mein Mann wieder neben mir im Bad und sagte vollkommen unerwartet: »Meine Ehefrau ist wie eine Katze«, verteilte reichlich weißen Schaum auf seinem Gesicht und begann, sich den Bart zu rasieren, so dass ich im Spiegel seinen Gesichtsausdruck nicht richtig erkennen konnte. Hätte er diesen Satz nicht noch einmal gesagt, hätte ich ihn tief in meinem Inneren vergraben, so als wäre er niemals geäußert worden, und mit der Zeit hätte er sich in Nichts aufgelöst. Und jetzt wiederholte er plötzlich das Gesagte, wieder ohne den erwarteten nächsten Satz anzufügen. Unfähig, meine Wut zu beherrschen, fauchte ich ihn an: »Kannst du mir bitte erklären, warum ich einer Katze ähneln soll?«

Ich war nicht deshalb wütend, weil er es beim letzten Mal bei diesem einen Satz belassen hatte, sondern weil ich mich ganz und gar nicht mehr wie eine Katze fühlte. Mein überraschender Wutausbruch ließ ihn zusammenzucken. In mir loderte noch immer das Feuer meines Zorns und bahnte sich den Weg nach draußen. »Du brauchst nicht noch einmal zu sagen, dass ich wie eine Katze bin, denn das bin ich schon längst nicht mehr«, herrschte ich ihn an.

Mein Mann starrte mich entgeistert an. Dann deutete er mit dem Finger auf die Fliesen. »Sieh doch, in der ganzen Wohnung liegen deine Haare herum, genau so wie die des Katers, niemand hinterlässt so viele Haare auf dem Boden wie ihr zwei.« Mit diesen Worten strich er sich über seinen kurzen Haarschopf.

Erschrocken fuhr ich zusammen. Peinlich berührt ließ ich den Kopf hängen und sagte kein Wort. Ein verstohlenes Lächeln breitete sich auf meinem Gesicht aus. Endlich hatte ich das gute Gefühl, eine Katze zu sein.

22

DIE SCHWARZE WOLKE

Freunde überließen uns für eine Woche ihre kleine schwarze Katze. Dieses Kätzchen war von Kopf bis Fuß rabenschwarz, ihr Fell glänzte vollständig in dieser einen Farbe, und selbst ihre Krallen und ihre Schnauze waren schwarz.

Das schwarze Kätzchen streunte auf staksigen Beinen durch unsere Wohnung, um das neue Terrain zu erkunden, ohne sich darum zu scheren, dass dieses Terrain schon von einer anderen Katze bewohnt wurde. Sie war mutig genug, um mit ihrem Artgenossen in Kontakt zu treten, auch wenn es sich um einen welterfahrenen Kater handelte. Unser großer Kater dagegen hatte noch nie eine andere Katze gesehen und ging entweder davon aus, dass es auf der Welt außer ihm nur menschliche Wesen gab, oder er hielt sich selbst für einen Menschen und war bislang nicht auf die Idee gekommen, ein Kater zu sein.

Als der Kater zum ersten Mal die kleine Katze sah, wich er erschrocken zurück und setzte eine zweiflerische Miene auf, als könnte er nicht glauben, dass mit einem Mal ein Lebewesen existierte, das ihm ähnlich war. Nachdem er sich dieser Tatsache gründlich vergewissert hatte, lag plötzlich eine große Anspannung in der Luft. Die beiden Katzen fauchten sich an, um sich gegenseitig ihre Gefährlichkeit zu beweisen.

Mit einem Mal entwickelte unser Kater ein ausgeprägtes Revierverhalten. Auf seinem Territorium duldete er keine andere Katze. Auf Schritt und Tritt folgte er dem schwarzen Kätzchen nach und wartete auf die passende Gelegenheit, den ungebetenen Gast anzugreifen und aus seinem Hoheitsgebiet zu verjagen. Mit gespannter Aufmerksamkeit beobachtete er jede Regung seiner Artgenossin, fixierte sie mit glimmenden Augen, als wollte er den kleinen schwarzen Haufen anzünden.

Den ganzen Tag über verharrten die beiden Katzen in dieser brenzligen Situation. Das schwarze Kätzchen versuchte zwar, dem Kater aus dem Weg zu gehen, andererseits war es neugierig auf seine neue Umgebung. Der Kater blieb die ganze Zeit über in Habachtstellung, als ginge es um Leben und Tod. Die beiden schlichen umeinander herum, griffen an und wichen zurück, ohne dass es zu einem echten Kampf kam.

Am Abend wurde ich es müde, sperrte die beiden zusammen ins Wohnzimmer, ging ins Schlafzimmer, schloss die Tür und legte mich schlafen.

Mitten in der Nacht weckte mich lautes Katzenjaulen aus dem Wohnzimmer. Die beiden Katzen jagten sich gegenseitig, stießen Gegenstände um, in einem fort schepperte und krachte es. Ich setzte mich auf und sah auf die Uhr: drei Uhr morgens.

Ich überlegte, ob ich aufstehen und nachsehen sollte, und lauschte eine Weile auf die Geräusche aus dem Wohnzimmer. Es hörte sich nicht so an, als ob sie nachließen, mir blieb nichts anderes übrig, als nach dem Rechten zu sehen. Unbeeindruckt von meiner Gegenwart, standen die Katzen sich weiter fauchend und zähnefletschend gegenüber. Von dem schwarzen Kätzchen war, abgesehen von den an ihrem grünen Leuchten erkennbaren Augen, nichts auszumachen, weder der Bauch noch ihre vier Pfoten noch ihr Schwanz, so als wäre sie eins geworden mit der Luft, auf wundersame Weise unsichtbar, ein gasförmiges schwarzes Etwas. Was man sah, war der große Kater, der einer schwarzen Wolke nachjagte, eine schwarze Wolke angriff, als stürzte er sich auf ein Nichts.

Wie ein schwarzes Wölkchen schien das Kätzchen in meinem Wohnzimmer zu hängen. Zwischen den beiden Katzen blitzte und donnerte es, ein Platzregen ging nieder, es prasselte und rauschte … ein vorzeitiges Sommergewitter hatte in meine Wohnung Einzug gehalten.

In der darauffolgenden Nacht wachte ich wieder auf, kroch aus dem Bett und ging nach den beiden Katzen sehen. Zwischen Schlafzimmer und Wohnzimmer stolperte ich über etwas, das genauso erschrak wie ich, genauso aufschrie wie ich. Es war das schwarze Kätzchen, das im Flur lag und vollkommen in der nächtlichen Dunkelheit aufging.

Nach einigen Tagen war der Kater des Fauchens und Kämpfens müde, und meine Nächte wurden wieder ruhig und still. Eines Nachts suchte sich der Kater einen gemütlich weichen Ort zum Schlafen; als er am nächsten Morgen aufwachte, stellte er fest, dass sein Kopfkissen der flauschige Bauch des kleinen schwarzen Kätzchens war.

23

SPRUNGFEDERKATZE

Hin und wieder verflüssigte sich der Kater, wurde unsichtbar, glitt nach allen Seiten und zwängte sich durch Ritzen und Spalten, die viel kleiner waren als er selbst. Öfter noch war der Kater ein Etwas, das sein wahres Wesen verbergen wollte und deshalb die Gestalt einer Katze annahm. Was niemanden bekümmerte, denn die meisten Menschen hoffen nichts weiter, als eine Katze zu besitzen, sich diesen Wunschtraum zu erfüllen. Es ist daher nicht besonders wichtig, wie eine Katze tatsächlich aussieht.

Wollte man aufschreiben, wie oft eine Katze in wie vielen Gestalten auftauchte, käme man gar nicht hinterher. Glücklicherweise war ich Katzenbesitzerin und nicht Katzenforscherin, mir machte es daher gar nichts aus, wenn mir einige der Erscheinungsformen meines Katers entgingen. Sah ich den Kater einmal wieder in einer Gestalt, in der ich ihn nie zuvor gesehen hatte, wunderte ich mich stets aufs Neue.

Erst vor Kurzem hatte ich festgestellt, dass mein Kater eine Sprungfeder ist.

Ich hatte einen neuen Drucker gekauft, den mein Mann gemäß der Anleitung installierte. Nachdem er sich eine Ewigkeit damit befasst hatte, hörte er ein leises Schnurren und entschied, dass der Drucker ordnungsgemäß lief.

Ungeduldig legte ich einen Stapel weißes Papier ein, das der Drucker brav annahm und am Ende mit schwarzen Zeichen bedruckt ausspuckte.

Das Rattern des Druckers lockte auch den Kater an. Er war schon immer fasziniert von diesem klobigen, harten Hausgenossen namens Drucker gewesen. Entsprechend näherte er sich dem neuen Hausgenossen, um ihn abzuschnüffeln, wich aber erschrocken zurück, verzog sich hinter meinen Rücken und nahm das seltsame neue Objekt aus sicherer Distanz in Augenschein, um die Gefahr abzuschätzen.

Als ich die nächste Seite ausdruckte und das Gerät erneut losschnurrte, näherte sich der Kater und sah dem Drucker bei der Arbeit zu. Doch plötzlich machte er einen riesigen Satz rückwärts.

Zusammengekauert hockte er mit alarmiertem Blick in der Ecke.

Ich wollte dem Kater gern erklären, dass er keine Angst zu haben brauche und der Drucker völlig unge-

fährlich sei. Ich hielt ihm die eben ausgedruckte DIN-A4-Seite unter die Nase, um ihn daran schnüffeln zu lassen und ihm die Furcht zu nehmen, hatte aber nicht damit gerechnet, dass ich damit ungeahnt beim Kater einen besonderen Mechanismus in Gang setzte.

Sofort sprang er einen halben Meter in die Höhe, alle viere in der Luft, wie eine Sprungfeder, die man niedergedrückt hatte, und die daraufhin nach oben schoss, sehr schnell und bewundernswert hoch. Er landete weich mit allen vier Pfoten auf dem Boden, und im nächsten Augenblick hatte er sich in die hinterste Ecke zurückgezogen. Rasch ging ich zu ihm hin, um ihn zu beruhigen, aber schon sprang er erneut so hoch, dass ich vor Lachen kaum an mich halten konnte.

Der springende Kater gab wirklich ein außergewöhnliches Bild ab, noch nie hatte ich ihn so angespannt erlebt und ihn derart hoch springen sehen. Was von außen wie eine Katze aussah, schien inwendig eine agile, Fleisch gewordene Sprungfeder zu sein.

Still hockte er dann in der Ecke, als würde er neue Sprungenergie sammeln, seine Batterien aufladen, um sie zu gegebener Zeit wieder einsetzen zu können.

So eine Sprungfederkatze war etwas Außergewöhnliches. Wenn man sie streichelte, spürte man keinerlei Hinweis auf das Sprungfederwesen. Diese Funktion zeigte sich nur, wenn der Kater sich vor etwas fürchtete, sich spannte wie ein Bogen, um den Ort der Gefahr mit einem Satz verlassen zu können. Irgendwo in seinem Körper lag der Schalter, ein tief verborgenes Geheimnis, das den Kater auf Knopfdruck in eine Sprungfeder verwandelte. Niemand konnte wissen, wo dieser Schalter sich verbarg, das wusste allein der Kater. Wer hätte gedacht, dass in diesem stets so weichen und geschmeidigen Katzenkörper, der sich so schön streicheln und kneten ließ, ein solcher unsichtbarer Mechanismus verborgen lag?

24

IM SPIEGEL

Mein Mann hatte einen rechteckigen Ganzkörperspiegel gekauft, den er im Schlafzimmer an die Wand lehnte. Der Kater ging daran vorbei, einmal, zweimal, dreimal … ohne ihn wahrzunehmen. Bis er einmal überrascht feststellte, dass darin ein Kater wie er herumspazierte. Er blieb stehen und musterte erstaunt sein Gegenüber, mit einem Blick, so neugierig und feindselig zugleich, wie der, mit dem er die kleine schwarze Katze bedacht hatte.

Der Kater im Spiegel starrte mit dem gleichen Blick zurück – eine Warnung an den Gegner. Sofort ging er auf Abstand, und auch der Kater im Spiegel wich ein paar Schritte zurück; er machte einen Buckel, der Kater im Spiegel tat es ihm nach. Plötzlich schien er etwas zu begreifen, seine Katzenhaare stellten sich auf, verstärkten die Drohgebärde. Aber gleichzeitig stellten sich auch die Haare des anderen Katers auf. Alarmiert brachte er sich in Angriffsstellung, bereit, sich in jedem Augenblick auf den fremden Kater zu stürzen, sprang hoch, fuchtelte mit ausgefahrenen Krallen in der Luft herum und ließ sie mit lautem Klirren gegen den Spiegel prallen.

Wieder auf allen vieren, sah der Kater sich nach rechts und links um. Auch der Kater im Spiegel sah sich nach rechts und links um. Als er erneut zum Angriff überging und feststellte, dass er nicht an den anderen Kater herankam, schlug er wie verrückt mit den Krallen gegen den Spiegel. So wie der andere Kater. Das Spiegelglas klackte rhythmisch wie beim Pingpong-Spiel.

Plötzlich hielt der Kater inne, ließ die Pfoten sinken und fixierte den Spiegel. Allmählich wurde der starre Blick der Kater milder. Der eine Kater legte den Kopf schief, der andere legte den Kopf schief. Der eine blinzelte, der andere tat das Gleiche. Der Kater sah sich nach allen Seiten um und dann zurück in den Spiegel, in seinen Augen lag einmal mehr dieses hinreißende Staunen, das er für gewöhnlich an den Tag legte. Er reckte die Schnauze, um sein Gegenüber zu beschnuppern, aber es gab keinen fremden Geruch. Er gab seine Alarmbereitschaft auf, ging näher an den Spiegel heran und versuchte, seinen Hals am Hals des Gegenübers zu reiben. Das tat auch der andere Kater, so dass die beiden sich aneinander rieben, was sie mit halb geschlossenen Lidern genossen.

Langsam öffnete der Kater wieder die Augen, im Bewusstsein, dass sich die Berührung irgendwie falsch

anfühlte. Er reckte sich, um der Sache auf den Grund zu gehen, und stellte fest, dass jener andere Kater jede seiner Bewegungen imitierte, im gleichen Rhythmus, in der gleichen Geschwindigkeit und Ausdehnung, immer tat er exakt das Gleiche.

Ihm entfuhr ein zweiflerisches Miau. Der andere öffnete ebenfalls das Maul.

Noch wollte er nicht aufgeben und stupste erneut mit der Nase den Spiegel an. Diesmal wollte er alles besonders gründlich erschnüffeln. Unablässig zuckte sein Schnurrbart, während er den Spiegel und seine Umgebung abschnüffelte. Nach wie vor roch es nicht nach einer anderen Katze, sondern ausschließlich nach ihm selbst.

Er hockte sich wieder hin und wartete ab, wartete, dass ein Wunder geschähe. Auch der andere Kater wartete, wartete, bis der Kater sich allmählich entspannte, alle viere auf den Dielen ausstreckte, den Bauch nach oben drehte und sich ausgiebig die Brusthaare sauberleckte.

Von da an stellte sich der Kater mehrmals pro Tag vor seinem Spiegelbild auf. Der feindselige Ausdruck in seinen Augen war einem faszinierten Blick gewichen. Er blieb oft lange vor dem Spiegel sitzen, zunehmend angetan von dem, was er sah.

Nach einer Weile stellte mein Mann den Spiegel in einem anderen Zimmer auf. Zunächst starrte der Kater erschrocken die weiße Wand an, schnüffelte sie ab, kratzte daran herum und ging davon. Dann kam er noch einmal wieder, um festzustellen, dass dort weiterhin nur eine Wand war.

Der Kater brauchte einen ganzen Tag, bis er den neuen Standort des Spiegels ausfindig gemacht hatte. Er hockte sich davor, starrte gebannt auf den Spiegelkater und versank tief in seiner eigenen Welt.

25

KÄTZCHENBLÜTEN

Frauenhaare seien wie Katzenhaare, hatte mein Mann gesagt – sie liegen überall herum.

In meinen Augen dagegen waren Frauenhaare und Katzenhaare zwei sehr verschiedene Dinge. Nur weil sie ausfielen, handelte es sich meines Erachtens nicht um etwas Vergleichbares. Kopfhaar ist tote Materie, es fällt aus, liegt auf dem Boden, und damit ist es unwiederbringlich gestorben, es ist mausetot, sobald es nicht mehr in der Haut wurzelt. Das Haar jedoch, das sich vom Katzenkörper trennt, wird zu etwas Neuem.

So ein Katzenhaar kommt niemals allein. Immerzu verband es sich mit anderen Katzenhaaren zu einem Knäuel, das zuweilen als Büschel von fluffiger und seidiger Konsistenz durch die Zimmer flog. So gut wie jeden Tag verlor der Kater auf natürliche Weise solches Haar, das in der Luft schwebte wie Weidenkätzchen und Pappelblüten. Deshalb nannte ich es Kätzchenblüten.

Nicht alle Pappeln und Weiden entwickeln solche watteartigen Blüten, aber sämtliche Katzen generieren Kätzchenblüten. Sie sind gewiss ein natürliches Phänomen und nichts Menschengemachtes. Besonders im Frühling und im Herbst trennen sich die Kätzchenblüten vom Katzenkörper und fliegen davon, so als würden sie die Samen der Katzen aussäen, um sie in neuer Erde gedeihen zu lassen.

Durch die Luft wirbelnde Kätzchenblüten sind ein wunderschöner Anblick. Sie fliegen ein Stück weit, halten inne, wenn sie müde sind oder wenn es keine Luftbewegung gibt; wenn sie unvorsichtig sind, legt sich der Staub als Trittbrettfahrer auf sie, und wenn sie sein Gewicht nicht mehr ertragen können, kommen sie ebenfalls zum Stillstand, sinken zu Boden.

Sobald mein Mann die fliegenden Kätzchenblüten entdeckte, griff er zum Staubwedel und fing sie damit ein, eins nach dem anderen. Allerdings gelang es einigen Glücklichen, zu entkommen und sich in unzugänglichen Ecken der Wohnung niederzulassen.

Auf dem Boden angehäufte Kätzchenblüten waren kaum vom Kater zu unterscheiden. Der Kater pflegte sie zu ignorieren, manchmal aber verwechselte er sie mit etwas Essbarem und verschluckte sie. Ihm war dann schon nicht mehr bewusst, dass die Kätzchenblüten zuvor ein Teil von ihm gewesen waren. Zu einem Ball verdichtete Kätzchenblüten wirbelte der Kater herum und sah darin nichts weiter als ein nettes Spielzeug.

Da der Kater unablässig Kätzchenblüten produzierte, vergaß er sie im selben Augenblick, in dem er sie hervorgebracht hatte. Hatten die Katzenhaare erst einmal den Katzenkörper verlassen, um Kätzchenblüten zu werden, verlor der Kater auch jede Erinnerung daran. Ohne Ursprung und Ziel schwebten sie überallhin, nur nicht zurück zum Kater.

Das größte Pech hatten diejenigen, die noch nicht weit gekommen waren, als der Staubwedel sie auch schon wieder einfing. Ihre Kätzchenblütenexistenz währte nur wenige Minuten.

Kein Kätzchenblütenschicksal glich dem anderen. Wenn der Zufall es wollte, dass der Kater gerade am offenen Fenster vorüberstreifte, sein Haar die Gelegenheit beim Schopf packte und sich mit aller Kraft vom Katzenkörper befreite, gelang die erfolgreiche Flucht. Allerdings wählte die überwiegende Zahl der Katzenhaare einen anderen Fluchtweg; sie sammelten sich auf der Kleidung der Menschen, ließen sich von ihnen nach draußen transportieren, und weg waren sie.

Auf meinen Kleidern hafteten ständig eine Menge Kätzchenblüten, so hartnäckig, dass ich sie nicht mehr wegbekam. Aber wer so von Kätzchenblüten übersät war, übermittelte, unabhängig von Jahres- und Tageszeit, eine unsichtbare Nachricht an andere, jeder wusste sogleich Bescheid: Bei uns zuhause gibt es eine Katze. Und schon hatte man ein interessantes Gesprächsthema. Nicht nur, dass die Kätzchenblüten mich nicht störten, sie führten dazu, dass fremde Menschen mir ihr Wohlwollen entgegenbrachten. Über die Kätzchenblüten kamen wir auf Katzen zu sprechen, in dem stillen Einvernehmen, das Katzenbesitzern eigen ist. Manchmal gingen wir, jede und jeder mit Kätzchenblüten behaftet, aus dem Haus, sahen die Katzenhaare auf den Kleidern der anderen, und sofort verstanden wir uns ohne Worte. Während wir plauderten, lösten sich die Kätzchenblüten von unseren Kleidern, tauschten den Aufenthaltsort, und am Ende nahm ich die Kätzchenblüten anderer mit nach Hause und die anderen meine. Auf diese Weise verpflanzten sich die Kätzchenblüten an unzählige andere Orte.

26

KATZENSCHWANZJAGD

Der Kater hatte an einem Ende einen Schwanz, der ein rätselhaftes Eigenleben führte. Er begann an seinem Hinterteil und setzte sich von dort aus als langes, behaartes Etwas fort. Je größer der Kater wurde, desto länger und dicker wurde auch sein Schwanz. Dem Kater schienen weder dessen Größe noch die Bewegungen an seinem hinteren Ende bewusst zu sein. Er schien nur unbewusst zu spüren, dass irgendein Ding ihm immerzu folgte, aber sobald er den Kopf umwandte, senkte sich sein Schwanz ab, und er sah ihn nicht mehr.

Der Kater wusste offensichtlich nicht, was er dort mit sich herumtrug, und nach einer Weile kümmerte es ihn nicht weiter.

Er konnte sich schlecht umdrehen und danach suchen; denn wenn er sich unvermittelt danach umsah, dachte der Schwanz, er wolle mit ihm spielen, und ver-

steckte sich schnell. Im Laufe der Zeit wurde der Katzenschwanz immer eigenständiger, der Kater war Kater, der Schwanz war Schwanz.

Dem Kater war dabei nicht bewusst, dass er einen Schwanz hatte; der Schwanz war sich auch nicht bewusst, dass er zum Kater gehörte.

Daher wirkte es auch gar nicht so, als ob der Schwanz vom Kater gesteuert würde, er wedelte hin und her, wie es ihm beliebte, selbst, wenn der Kater schnurrend schlief, bewegte er sich unablässig, richtete sich auf und zog sich wieder ein, spielte mit sich selbst, als hätte er ein Gummiband verschluckt. Der Kater schlief trotz dieser Zuckungen tief und fest weiter. Der gleichmäßige Rhythmus der Schwanzbewegungen hatte etwas Hypnotisierendes, rechts, links, tick-tack, tick-tack, tick-tack … man wurde schon vom Zusehen schläfrig.

Manchmal reckte der Kater seine Hinterläufe in die Höhe und begann, gründlich sein Fell zu säubern, leckte sich den Anus sauber, bis er plötzlich in seiner Bewegung innehielt und mit großen, runden Stauneaugen dem aus seinem Hinterteil wachsenden Schwanzende folgte, das sich zu einem haarigen Schwanz verlängerte. Kurz schien der Kater verblüfft, starrte verständnislos, dann wich seine Anspannung wieder. Wer wusste schon, was er dachte? Der Schwanz begann, sich unkontrolliert zu bewegen, ohne feste Regeln, mal schwang er nach rechts und links, mal nach oben und unten, als ob er den Kater foppen wollte. Es dauerte eine ganze Weile, bis dem Kater dieses ungezogene Ding zu viel wurde.

Jetzt wollte der Kater sich den frechen Kerl krallen. Mit hochgereckten Vorderpranken biss er nach ihm, trat mit den Hinterläufen, jedoch vergebens; er erwischte ihn nur mit der Zunge und leckte ihn genüsslich ab.

Manchmal zappelte der Schwanz einen Augenblick lang im Griff des Katers, gleich darauf entglitt er ihm wie eine Schlange. Der Kater sprang auf alle viere, jagte mit aufgerissenem Maul dem Schwanz hinterher und schnappte abermals nach diesem unverschämten, haarigen Ding. Schon sah er seine Spitze, er musste nur noch den Hals ein Stückchen weiter recken … doch seltsamerweise wich der Schwanz immer genauso weit zurück, wie der Kater sich vorreckte. Um ihn zu erwischen, beschleunigte er das Tempo; auch der Schwanz beschleunigte das Fluchttempo, ein fröhliches Ich-krieg-dich-dukriegst-mich-nicht, schneller und schneller, bis Kater und Schwanz ein Rund bildeten, das auf dem Boden kreiselte. Der Schwanz übertrug seine Fliehkraft dem Kater, der Kater übertrug seinen Jagdtrieb dem Schwanz, zwei Kräfte, die sich immer weiter akkumulierten und so die Bewegung niemals abreißen ließen.

27

DER PFLANZENKILLER

Bei uns gibt es zwei Pflanzenkiller im Haus, sagte mein Mann, den Kater und dich. Bevor der Kater bei uns einzog, waren es meine Teufelsklauen gewesen, vor denen die Pflanzen sich fürchten mussten. Sobald mein Mann auf Dienstreise ging, darbten unsere Pflanzen vor sich hin. Einige hielten nicht bis zu seiner Rückkehr durch und gaben schon vorher den Geist auf. Er war jedes Mal untröstlich und machte mir Vorwürfe. Ich fühlte mich ungerecht behandelt und erklärte: »Ich habe doch gar nichts gemacht!« Worauf er wütend erwiderte: »Genau das ist es ja, du hast nichts gemacht, und deshalb sind sie tot.«

Irgendwann ging er dazu über, seinen Ärger hinunterzuschlucken, und kümmerte sich fortan ausschließlich selbst um die Pflanzen.

Womit er nicht gerechnet hatte: Kaum waren seine

geliebten Pflänzchen meinen todbringenden Händen entkommen, fielen sie dem zerstörerischen Kater in die Krallen. Er löste mich sofort nach seiner Aufnahme in die Familie als Pflanzenkillerchampion ab. Ich beglückwünschte mich dazu, für die nachfolgenden Tragödien nicht mehr verantwortlich zu sein.

Mein Mann unternahm hilflose Versuche, den Kater am Schlafittchen zu packen und ihm eindringlich ins Gewissen zu reden. Der Kater bedachte ihn mit einem Unschuldsblick aus seinen süßen runden Stauneaugen. Meinem Mann blieb nichts anderes übrig, als ihn seufzend wieder abzusetzen. Das unwiderstehliche Wesen des Katers rettete nicht nur ihn selbst, sondern zweifellos auch mich. Ohne den Kater wären die übrig gebliebenen Pflanztöpfe früher oder später höchstwahrscheinlich von mir ruiniert worden.

Für den Kater waren Pflanzen keine Pflanzen, sie hatten keinen dekorativen Wert, und er schätzte weder ihre Gestalt noch ihren Wohlgeruch, sondern missbrauchte sie als Schlafplatz. Bei schönem Wetter stieg auch die Laune des Katers. Dann kletterte er auf die Blumentöpfe, legte sich auf die Blätter, räkelte seinen geschmeidigen Körper und wälzte sich herum, damit er überall gleichmäßig Sonne abbekam. Die Blätter knickten unter seinem Gewicht ab und ächzten dabei so jämmerlich, als rezitierten sie eine Elegie auf sich selbst. Dem Kater war das schnurregal; er lag gelassen obenauf und schlief so einen ganzen Nachmittag durch. Bis er wieder aufwachte, waren die Blätter schon unwiederbringlich abgebrochen und tief in die Erde gedrückt.

Manchmal erachtete der Kater aus einer unerklärlichen Laune heraus die Pflanzen als Feinde. In wilder Erregung griff er sie an, schlug, kratzte und biss danach, als ginge es ums Ganze. Auf diese Weise bekämpfte er gleich mehrere Töpfe und Pflanzen gleichzeitig, bis der Feind nach einigen Runden vollständig k. o. war. Lagen dann am Ende überall zerfetzte Stängel und Blätter auf dem Boden zerstreut, verließ der Kater mit stolz erhobenem Haupt den Schauplatz des Gemetzels. Schweigend kehrte mein Mann die Überreste der Toten und Verletzten zusammen und warf sie in den Müll. Er hatte sich daran gewöhnt, die Situation klaglos hinzunehmen, und war innerlich auf den Tag der Schlacht vorbereitet gewesen.

Nach dem Ableben der Grünpflanzen verhärtete sich

die Erde in den Pflanztöpfen zu einem Brocken. Dem Kater dienten sie weiterhin als Matratzen, er räkelte sich und schlief darauf wie zuvor, alle viere von sich gestreckt, und nun nutzte er anstelle der Pflanzen den Sonnenschein für die Photosynthese. Die Sonneneinstrahlung begünstigte die Produktion von Glückssubstanzen in seinem Fell. Wenn der Kater sich anschließend das Fell leckte, machte ihn das froh, und auch auf die Menschen, die ihre Nasen in das Katerfell steckten, übertrug sich diese Freude. Nicht nur der Kater, auch die Menschen vergaßen sofort, was er angerichtet hatte.

28

DIALOG

Zirp zirp, machten die Vögel vor dem Fenster. Sofort rannte der Kater herbei, aufgeregt und neugierig. Seine Schnurrhaare zitterten, die Augen funkelten in der Hoffnung, dass die Vögel zu ihm herabfliegen würden. Aber die Vögel zogen über den Himmel, scheinbar nah, aber doch so weit weg; dem Kater blieb nur, aus der Distanz zu ihnen hinaufzustarren, während er mit den Krallen über das Fensterglas schabte.

Die Vögel zwitscherten unterdessen fröhlich weiter und manchmal flatterten sie dann vor dem Fenster hin und her, zu zweit, zu dritt, allein … Der Kater auf dem Fensterbrett konnte nicht stillsitzen, sprang nach rechts, nach links und wieder zurück, wobei er die Flugbahn der Vögel nachahmte, ein rhythmisches Auf und Ab. Die Vögel beachteten ihn nicht. Der Kater war der Einzige, der dieses Spiel aufregend fand.

Das Fensterbrett wurde so vorübergehend zu einer Bühne mit natürlichem Licht, die den Kater in Szene setzte, wobei das Licht von draußen die feinen Enden seines abstehenden Katzenfells so anstrahlte, dass sein ganzer Körper mit einem leichten Schimmer überzogen war. Der Kater schien ein diamantbesetztes Kostüm zu tragen, in dem er den Auftritt einer bezaubernden Filmdiva hinlegte.

Begleitet wurde die Show von einem Gesang, der von Miauen bis Fauchen reichte. Die Winkel seines Mäulchens zuckten so heftig, dass seine gewöhnlichen Katzenlaute an Bandbreite zunahmen, begleitet von einem – wenn auch unabsichtlichen – Tanztaumel, der den Bewegungen der Vögel folgte, eifrig bemüht, ihre Aufmerksamkeit auf sich zu lenken und sie anzulocken.

Der Kater widmete sich seiner Performance mit allergrößter Hingabe. In einem Augenblick hockte er gebannt da, im nächsten sprang er an der Fensterscheibe hoch und boxte mit den Pfoten in die Luft, in dem Versuch, den Vögeln auf die eine oder andere Art näher zu kommen oder ihnen wenigstens bewundernde Blicke abzugewinnen. Er hoffte wohl auch, dass ihm im Zuge seines emsigen Herumfuchtelns Flügel wachsen würden, mit denen er zu den Vögeln hinauffliegen konnte, um mit ihnen am Himmel kreisend seinen Spaß zu haben. Von Weitem sah es einfach so aus, als führte der Kater einen sonderbaren Tanz auf.

Niemals würde er an die Vögel herankommen, aber

aufgeben kam nicht in Frage. Es war durchaus denkbar, dass der Kater mit seinen zitternden Schnurrhaaren nur den unüberwindbaren Abstand zwischen sich und den Vögeln bemessen wollte.

So eifrig, wie er in sein Spiel vertieft war, dachte er nicht daran, sich eine Pause zu gönnen; er trieb es so lange, bis er sich völlig verausgabt hatte.

Wenn er dann endlich zur Ruhe kam, waren die Vögel längst davongeflogen und ließen einen völlig erschöpften und erschlagenen Kater zurück, der sich ganz allein dem Nachklang des eben absolvierten Theaterprogramms hingab, denn die Vögel waren sich ihrer Rolle in diesem Dialog gar nicht bewusst.

Bis sich der Vorhang langsam senkte, entsprach die ganze Aufführung, einschließlich des Abgangs der Vögel, dem besonderen ästhetischen Geschmack des Katers.

Die untergehende Sonne versah einen Schwarm graubrauner Vögel mit einem goldenen Schimmer. Das Licht auf ihren Flügeln drang nach und nach in jede ihrer Federn vor. Die goldenen Vögel flogen weiter und weiter, bis sie in einer roten Wolke verschwanden.

29

EINE MENGE MONDE

Am Himmel leuchtete eine helle Lichtscheibe. Das war der Mond, der Trabant der Erde, der sich um sich selbst und um die Erde dreht. An seiner Oberfläche erkennt man die Mondkrater, die, mit dem Teleskop betrachtet, wie große und kleine Gruben aussehen. Diese Gruben verschlucken einen Teil des Sonnenlichts, und der Rest der reflektierten Sonneneinstrahlung sorgt für das samtweiche Mondlicht.

Wer liebt ihn nicht, den Mondschein, sein besonderes Leuchten, seine Durchlässigkeit, das Spiel zwischen trüb und klar, voll und halb … der Mond ist Gegenstand unzähliger Geschichten. Science-Fiction-Fans sehnen sich danach, die Distanz zwischen sich und dem Mond zu überwinden, sich ihm ein wenig anzunähern; es gibt nur einen Mond, und niemand kann ihn für sich allein haben.

So ein Mond wäre auch zu nichts nütze. Es ist auch nicht so, dass man jede Nacht zum Himmel starrt und sich vorstellt, wie es wäre, wenn jeder Mensch auf der Welt ein Stück Mond besäße; dann müsste man ihn schließlich in mehrere Milliarden Stücke teilen und jeder hätte am Ende nichts als einen gewöhnlichen Stein in der Hand, der weder leuchtete noch verschiedene Phasen durchliefe.

Erst durch den Kater wurde mir klar, dass es außer dem Mond am Himmel auch auf der Erde noch eine ganze Menge Monde gab. Diese irdischen Monde waren die Krallen des Katers, die – je nach Phase – wuchsen oder ausfielen. Die ausgefallenen Krallen schimmerten durchsichtig und es waren zu viele, um sie zu zählen.

Drückte man mit dem Zeigefinger darauf, blieben die kleinen Monde leicht an den Fingerspitzen haften. Man konnte sie ohne Übertreibung als die kleinsten Monde der Welt bezeichnen.

Diese feinen, weißen Monde waren überall dort verteilt, wo der Kater sich herumtrieb, sie leuchteten aus den hintersten Winkeln hervor.

Manchmal verbargen die Monde sich in einer Sofaritze, dann wieder lagen sie auf dem Tisch oder ihr Licht fiel auf das Bettlaken … es genügte, dem Kater auf den Fersen zu bleiben, schon stieß man auf eine dieser süßen kleinen Mondsicheln. Sammelte man die vom Kater hinterlassenen Monde in der Handfläche, winzig wie Reiskörner, war es, als ob man die kleinsten Monde der Welt am kleinsten Firmament der Welt versammelt hätte.

Auf diese Weise musste ich nicht mehr bis zum Abend oder auf eine bestimmte Uhrzeit warten, um den Mond zu bewundern. Ganz gleich wann, selbst am helllichten Tag, konnte man, wenn einem danach war, den Mond betrachten und ihn berühren. Ohne jede Absicht erfüllen Katzen dem Menschen einen großen Wunsch. Man könnte sagen, dass unser Kater als Botschafter des Mondes fungierte; es gelang ihm nicht nur, den Mond in unzählige kleine Monde zu spalten; auch war jeder davon makellos und ein perfektes Abbild der klassischen Mondsichel.

Wo eine Katze ist, ist auch der Mond; wo der Mond ist, ist auch der Mensch.

Je mehr Monde es wurden, desto häufiger fragte ich mich, was sie eigentlich von den Sternen unterschied. Es gab schließlich nur einen Mond, aber unzählige Sterne. Ich sah zum nächtlichen Himmel hinauf. Wenn ich das Glück hatte, den Mond zu sehen, wusste ich mit Gewissheit, dass es sich um den guten alten Mond handelte und es nach wie vor nur einen einzigen davon gab und nicht etwa mehrere.

Nicht der Mond hatte sich vermehrt, sondern allein meine Sehnsucht nach ihm und das Vertrauen in den Kater – zumindest wollte ich glauben, dass der Kater in der Lage war, jede Menge Monde zu produzieren.

30

VERSCHMELZUNG

Früher war eine Katze eine Katze, und ich war ich. Bis schließlich eines Tages der Kater und ich eins wurden.

Es geschah an einem ganz gewöhnlichen Tag. Als ich erkannte, dass ich und der Kater eins geworden waren, war ich keineswegs überrascht. Diese Erkenntnis hatte möglicherweise schon lange in meinem Unterbewusstsein geschlummert. Äußerlich merkte man dem Kater nicht die geringste Veränderung an, er sah immer noch aus wie er, und ich sah immer noch aus wie ich.

Ich ging selten vor die Tür, und der Kater war so gut wie immer zuhause. Wir blieben den ganzen Tag zusammen am selben Ort, eine Hausfrau und eine Hauskatze. Hockte ich schreibend am Computer, hockte der Kater sich neben mich; schlief er ein, schmiegte ich mich mit dem Laptop an ihn. Früher oder später mussten wir zusammenwachsen.

Als sich diese Entwicklung abzeichnete, fand ich das ziemlich amüsant. Eines Tages schrieb ich gerade an einem Essay, während der Kater schlief, mit meinem Arm als Kopfkissen. Dass ich dabei kräftig in die Tasten hämmerte, schien ihm erstaunlich wenig auszumachen. Er schlummerte ungerührt weiter, fühlte sich davon kein bisschen gestört. Erst als ich absichtlich den Aktionsradius meines Arms ausweitete, blinzelte er ein wenig, sah sich kurz um und schloss wieder die Augen. Ganz gleich, wie heftig ich mich bewegte, der Kater blieb, wo er war, als wäre er ein zusätzliches Körperorgan. Ähnliches sagt die Wissenschaft gern über Smartphones. Der Mensch läuft permanent mit dem Smartphone in der Hand herum, ob beim Essen oder beim Gehen, er hält stets die Augen auf das Display gerichtet, bis man sich am Abend davon in den Schlaf lullen lässt. Der Mensch und sein Smartphone sind unzertrennlich, nicht wenige menschliche Fähigkeiten drohen zu degenerieren, weil das Smartphone die Funktionen übernimmt; schließlich wird es technisch immer weiter verbessert, um das Leben zu vereinfachen.

Mit dem Kater eins zu werden, bedeutete jedoch etwas ganz anderes; dieser Zustand ließ mich das Smartphone vielmehr ganz und gar vergessen. In Gegenwart des Katers brauchte ich keine Ablenkung, ich brauchte nichts anderes mehr. Mal wurde er Teil meines Oberschenkels, mal Teil meines Unterarms, mal Teil meiner Schulter.

Der Kater und ich wurden immer unzertrennlicher, ob er sich an mich schmiegte oder ob meine Finger durch sein Fell fuhren; war der Kater ein Teil von mir oder war ich ein Teil des Katers? Ich spürte ihn in meinen Augen, meiner Nase, meinem Bewusstsein, ich wollte ihn aufschreiben, ihn zu einem Element meiner Schrift werden lassen.

Ging ich einmal aus, blieb der Kater, obwohl er physisch nicht bei mir war, in meinem Herzen; in jedem Augenblick vermisste ich ihn, unwillkürlich suchten meine Augen jede Ecke nach einer streunenden Katze ab, suchten nach allem, was Katze war, auch nach allem und jedem, das oder der wie ich voller Katzenhaare war.

Nicht nur ich veränderte mich, auch mit dem Kater ging eine feine Verwandlung vor sich.

Er verlor zunehmend das Selbstverständnis, eine Katze zu sein, stattdessen hielt er sich hin und wieder für einen Menschen. Es ist mir unbegreiflich, wie er sich die Laute eines verzogenen Kleinkinds zu eigen machte, um uns über seine Befindlichkeiten zu unterrichten. Oft waren mein Mann und ich so verblüfft über die Art und Weise, wie er menschliche Laute imitierte, dass wir lauthals loslachten. Wenn wir aßen, sprang er häufig unaufgefordert auf den Tisch, als wäre es das Selbstverständlichste der Welt, als hätten wir nur für ihn gekocht. Es genügte, dass einer von uns zum Essen rief, schon lief er herbei, beäugte und beschnupperte die Gerichte, hockte sich daneben und wartete darauf, einen Bissen abzubekommen.

Wenn wir uns abends schlafen legten, legte er sich zu uns, vor allem im Winter, wenn er mit unter die Decke schlüpfte und, dicht an mich geschmiegt, mit wohligem Schnurren einschlief. In solchen Augenblicken glich er ganz besonders einem Menschen. Einem Menschen, der ein Bett, eine Decke und jemanden zum Kuscheln braucht.

31

TRENNUNG

Mein Mann witzelte gern, dass meine wahre Liebe der Kater sei. Während ich für ihn nur eine gleichgültige Miene übrighätte, wanderten meine Mundwinkel beim Anblick des Katers unweigerlich nach oben. Er war deswegen weder beleidigt noch eifersüchtig, er liebte meine Liebe zum Kater so, wie er mich liebte. Es war ihm gleich, ob der Kater ein Teil von mir war oder ob wir voneinander losgelöst existierten.

In der losgelösten Variante war der Kater mein Alter Ego. Er liebte es, einen Haushalt zu organisieren und widmete sich allen Dingen, wichtig oder unwichtig, mit der gleichen Sorgfalt. Den ganzen Tag patrouillierte er durch die Wohnung, streckte sich hier aus und hockte sich dorthin, inspizierte jeden Gegenstand. Kein Fussel entging ihm, als ob jedes Staubkorn im Raum fest zu uns gehörte. Täglich zählte er die Staubkörner, damit auch bloß keins fehlte. Mein Mann behauptete gern, dass ich keinen großen Wert auf Sauberkeit lege und ungern putze. Für mich war achtloses Saubermachen eine brutale Art, Erinnerungen auszulöschen. Dem Kater missfiel es genauso, seine Spuren aus dem Leben zu tilgen.

Nachdem der Kater zu meinem zweiten Ich geworden war, wurde er zum Hüter des Staubs, eine Aufgabe, die er so ernst nahm, dass er sich den Staub zur Sicherheit einverleibte. Ganz egal, ob viel oder wenig Staub herumlag, ihn komplett aufzufressen, schaffte er nie. Mit den rauen Rändern seiner Zunge leckte er über die Blumenvase, dabei Staubkorn um Staubkorn zählend, und es schmeckte ihm umso besser, je mehr Staub es abzuschlecken gab.

Auf seinen zahlreichen Spielzeugen, wie dem Katzenbaum, dem Laserpointer, kleinen Stoffmäusen und seinem Futternapf lag immer eine dünne Staubschicht, denn was staubbedeckt war, war leichter aufzufinden. Was dem Kater gehörte, bedurfte einer Staubschicht, je mehr Staub, desto lieber machte der Kater davon Gebrauch.

Wenn er abends zu mir unter die Bettdecke kroch und ich wohlige Seufzer ausstieß, löste sich der Kater auf und wurde eins mit mir. Ich spürte, wie meine Körpertemperatur um einige Grade anstieg. Wie eine Quecksilbersäule kroch der Kater mir von den Fußsohlen bis in die Brust hinauf und erfüllte mich mit wohliger Wärme. Er stieg in mir auf, so weit es ging; erst dann verfiel er ins Schnurren, und ich fiel in den Schlaf.

Danach existierte er in meinen Träumen weiter. Immerzu polierte ich in meinem Unterbewusstsein sein Spiegelbild, bis ich ihn deutlicher sah und mich nach dem Aufwachen besser an den Kater in meinen Träumen erinnerte.

Wenn ich dann morgens die Decke lüftete, kroch der Kater schnell aus mir heraus, schwebte durchs Zimmer und schimmerte in den Strahlen der Sonne wie der Staub in der Luft. Hatte er genug Sonne getankt, strich er mir um die Beine. Er umschwirrte mich, bis er sich an den Sonnenstrahlen sattgesogen hatte.

Mit jedem neuen Tag nahm der Kater wieder Gestalt an.

Erst schwebte er nach Herzenslust durchs Zimmer, dann ließ er sich leichtfüßig an einem ihm genehmen Ort nieder. Man fand ihn dort, wo die dickste Staubschicht lag.

32

KATZENVIRUS

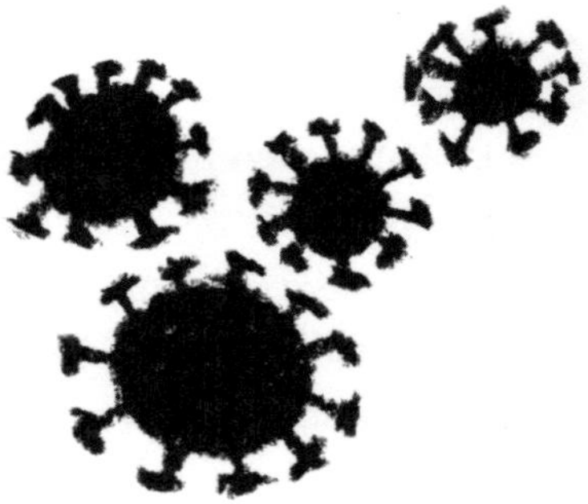

Zufällig stieß ich im Internet auf eine Nachricht über ein Katzenvirus, das sich gerade auf der ganzen Welt ausbreitete. Zahlreiche Menschen hatten sich bereits damit infiziert, unabhängig von Herkunft und Wohnort. Das Virus war ausgesprochen ansteckend, und immer mehr Menschen erkrankten daran.

Die Symptome der Erkrankten waren vielfältig, die Krankheit äußerte sich zumeist in Niedergeschlagenheit, Antriebslosigkeit, ängstlicher Unruhe, grundloser Verzweiflung … das Virus wirkte wie eine neuartige Droge, als deren Kurier die Katzen dienten; einmal infiziert, entwickelte der Mensch eine große Abhängigkeit von Katzen, während er das Interesse an seinesgleichen verlor. Nicht wenige ließen ihr Leben, weil die Krankheit sich ihrer zu sehr bemächtigte und sie nicht rechtzeitig ein Heilmittel fanden. Beim Anblick der Nachrichten über die vielen Todesopfer fasste ich mir erschrocken an die Brust. Mir stockte der Atem.

Eilig rief ich meinen Mann herbei, streichelte seine Brust und fragte: »Ist mit deiner Atmung alles in Ordnung? Hast du das Gefühl, keine Luft zu bekommen?« Er schüttelte den Kopf. Ich weiß nicht, ob es reine Einbildung war, aber in den Tagen, nachdem ich die Nachrichten über das Katzenvirus gelesen hatte, war mir ständig so, als entwickelte ich die Symptome der Krankheit.

Kurze Zeit später rief mich meine Freundin Xiaoyu an und fragte mich, ob ich schon von der Katzensucht gehört hätte, die Krankheit sei inzwischen in aller Munde. Wir unterhielten uns darüber. Sie stelle zunehmend die Symptome an sich fest, erzählte Xiaoyu. Zitternd vor Furcht gestand ich ihr, dass es mir genauso gehe.

Nachdem wir aufgelegt hatten, war ich völlig außer mir. Ich fürchte, ich habe mich mit dem Virus infiziert, sagte ich zu meinem Mann. Mach dich nicht verrückt, mahnte er. Ich solle aufhören, an im Internet kursierende Gerüchte zu glauben, die wissenschaftlicher Grundlagen entbehrten, sonst würde ich am Ende nicht an einer Krankheit sterben, sondern aus lauter Angst vor absurden Verschwörungstheorien. Obwohl ich ihm zustimmen musste, ließ mich der Gedanke nicht los und ich recherchierte in unbeobachteten Momenten weiter im Netz, auf der Suche nach Informationen über ein mögliches Gegenmittel.

Ich stieß auf eine ominöse Webseite voller sensationslüsterner Schlagzeilen wie »Warnhinweise für Katzensucht im fortgeschrittenen Stadium«, »Katzenvirus-Pandemie«. Schweißgebadet scrollte ich die Webseite durch, bis ich auf eine Anzeige für eine Medizin stieß.

Neugierig klickte ich sie an und öffnete die Seite, auf der von einem wundersamen Heilmittel die Rede war, entdeckt von einem dem Anschein nach unheilbar an Katzensucht erkrankten Patienten. Die Methode war kostenlos und sollte in der ganzen Welt propagiert werden. Dazu, so hieß es, solle man zur sofortigen Linderung der Symptome seine Nase im Fell einer Katze vergraben und tief einatmen. Darunter standen unzählige Kommentare, die diese Methode allesamt als äußerst wirkungsvoll beschrieben. Die einzige mögliche Nebenwirkung sei ein fortgesetzter Niesreiz, und Menschen mit Katzenhaarallergie riskierten einen juckenden Hautausschlag.

Über die Links am Ende der Seite gelangte ich zu zahlreichen Umfragen und Statistiken, etwa dreißig verschiedenen Einträgen, über die ich erfuhr, dass ich zu der Sorte Mensch gehörte, die besonders anfällig für eine Infektion mit dem Virus waren und wenig Antikörper dagegen besaßen. Darunter gab es noch eine Reihe von Infos für die Risikogruppe: keine Katze halten, sich, so gut es ging, von Katzen fernhalten, verhindern, dass Katzen sich in Sichtweite befanden oder dass man sich im Aktionsradius einer Katze aufhielt – damit verringere man das Infektionsrisiko. Wer schon eine Katze hatte, dem blieb nur, den Teufel mit dem Beelzebub auszutreiben – einmal Katze, immer Katze. Eine Katze war ihr eigenes Gegenmittel. Sie aufzugeben würde Körper und Geist großen Schaden zufügen. Und nicht nur das: Man riskiere dabei auch, die Menschen in der Umgebung flächendeckend zu infizieren, da das Virus nicht nur von Katze zu Mensch, sondern auch von Mensch zu Mensch übertragbar war. Die überwiegende Mehrheit würde damit zu Virusträgern, auch wenn sie selbst keine Symptome entwickelte.

Diese Informationen bedeuteten für mich gute und schlechte Nachrichten zugleich. Die schlechte Nachricht war, dass ich mir höchstwahrscheinlich das Katzenvirus zugezogen hatte; die gute Nachricht war, dass die Krankheit nicht gänzlich unheilbar war. Solange ich mit einer Katze zusammenlebte, konnte mir das Virus nichts anhaben. Es würde schlimmstenfalls zu einer Art chronischer Erkrankung werden, die aber nichts Lebensbedrohliches an sich hatte. Das entsprach meinem sehnlichsten Wunsch, denn ich hatte vor, mich niemals von dem Kater zu trennen.

33

RECKEN UND STRECKEN

Der Kater öffnete und schloss die Augen. Er blinzelte, gewöhnte sich ans Licht. Dann riss er das Maul auf und entblößte gähnend seine spitzen Fangzähne, zwischen denen sich Speichelfäden zogen, leckte sich mit der rauen Zunge einmal kreisförmig über das ganze Mäulchen.

Keine Frage: Das kleine Raubtier war wach. Sein Aufwachen glich mehr oder weniger einem typischen morgendlichen Aufstehritual, der Blick war stumpf, sein Körper noch schwerfällig. Um die Müdigkeit zu vertreiben, musste er sich erst gehörig recken und strecken.

Langsam erhob er sich, die steifen Glieder noch ganz zittrig, machte einen Buckel, so hoch und so halbrund wie ein Torbogen, errichtete auf dem Boden eine Brücke, mit seinem Hintern als dem einen, dem Kopf als dem anderen Brückenpfeiler. Lebewesen in Ameisengröße konnten dort bequem hinauf- und hinüberklettern und

den Kater als perfektes Viadukt nutzen. Gleich darauf veränderte der Kater seine Haltung, stemmte sich auf beiden Vorderpfoten hoch und drückte gleichzeitig den Rücken nach unten. Nun hatte er die Form einer Rutschbahn, über die Staub und Haarbüschel fröhlich hinunterkullerten.

Ich weiß noch, wie gern ich als Kind auf der Rutsche war. Oft gaben die Hersteller ihr die Form eines Elefanten oder einer Giraffe, so dass es von fern aussah, als schlitterten wir auf dem Rüssel des Elefanten hinunter oder am Hals der Giraffe. Überglücklich tollten wir zwischen zahlreichen großen Tieren herum.

Der Kater begann sich vor meinen Augen auszudehnen, wurde nach und nach zu einer Riesenkatze, zehnmal größer als zuvor. So groß, dass wir ihm den Buckel hinunterrutschen konnten. Erst kletterten wir über seinen Schwanz an ihm herauf, stellten uns ganz oben auf den Hintern, dem Kommandoposten der Rutsche. Dann glitten wir von dort abwärts, über den langen Nacken, mit Schwung zwischen den Ohren hindurch und flogen schließlich davon, lösten uns zusammen mit ein paar nebenbei mitgenommenen Katzenhaaren vom Katzenkörper. Wir unterschieden uns kein bisschen von den Katzenhaaren, leicht, grazil und winzig glitten wir durch die Luft und schwebten zu Boden.

Wenn man bedachte, dass wir in diesem Augenblick so dünn wie ein Katzenhaar zu sein schienen, wurde klar, wie riesig der Kater war! Und was für eine gigantische Rutsche er darstellte! Wer weiß, ob nicht sogar der Mond den Kater hinunterrollen konnte, immer weiter, bis er ins Wasser fiel, wie bei der alten Geschichte von dem Affen, der den Mond aus dem Wasser fischte.

Allerdings wurde behauptet, der Affe habe gar nicht den echten Mond aus dem Wasser gefischt, der wahre Mond stehe schließlich weiterhin am Himmel. Wie auch immer – wenn der Kater beim morgendlichen Strecken seinen Hintern in die Höhe reckte, reichte er fraglos bis zum Mond hinauf, der mal an ihm hinunterrollte, mal nicht; womit sich auch erklärte, warum der Mond bisweilen unsichtbar bleibt.

Der Kater brauchte nicht mehr als fünf Sekunden für sein Streckritual, aber die fünf Sekunden bis zur Riesenkatzenwerdung kommen winzigen Lebewesen wie eine Ewigkeit vor, wie fünf Monate oder sogar fünf Jahre.

Daher war die Riesenkatze in den fünf Sekunden, die sie sich räkelte, für uns eine stabile Rutsche, auf der man sich eine ganze Weile vergnügen konnte, und wenn man genug hatte, war sie vermutlich noch längst nicht fertig mit dem Recken und Strecken.

Der Kater vor mir räkelte sich ausgiebig weiter, bereit zur Verwandlung. Beim Gedanken an die bucklige Riesenkatze muss ich in einem fort lachen.

34

GESCHENKE

Ein Freund erzählte mir von einem gewissen Jemand, der auf dem Land wohnte und eine Katze hielt. Allmorgendlich streifte seine Katze durch die Gegend und brachte ihm bei jeder Rückkehr ein Geschenk mit, Dinge wie tote Vögel, tote Mäuse, tote Zikaden, löchrige Handschuhe oder kaputte Latschen. Der gewisse Jemand begutachtete die Gaben mit einem spöttischen Lächeln, aber sie abzulehnen ging nicht. Der Versuch wäre bei der Katze ohnehin auf Unverständnis gestoßen und sie hätte ungerührt weiter Sachen angeschleppt.

Anfangs wollte ich das nicht recht glauben; bis mich eines Tages der Anblick seltsamer Dinge auf meinem Bett an diese Geschichte erinnerte. Jetzt wusste ich, dass sie stimmte.

Genau kann ich nicht sagen, wann unser Kater die Angewohnheit entwickelte, Geschenke mitzubringen.

Außerdem schleppte er immer wieder ähnliche Dinge an, wenn auch aus unterschiedlichen Gründen.

Jedes Mal, wenn der Kater mir etwas schenkte, machte er es verstohlen und heimlich, in einem unbeobachteten Moment. Bis ich die Sachen entdeckte, war es schon zu spät, und wo sie nun vor meiner Nase lagen, musste ich sie wohl oder übel annehmen. So bekam ich zerknülltes Papier, Obstschalen, zerbissenes Spielzeug und obendrein noch Katzenscheiße und Katzenpisse, die er mir auf der Bettdecke verehrte, während ich tief und fest schlief.

Als der Kater anfing, mich mit zerknülltem Papier und Obstschalen zu beschenken, hatte er die Sachen eigens aus dem Mülleimer herausgefischt. Immer dann, wenn ich Dinge wie Papierknäuel durch die Gegend warf, zuckte er zusammen, rannte sofort hinterher und identifizierte den Papierball als erhaltenswertes Objekt, das er mir treuherzig apportierte. Er signalisierte mir, dass ich noch einmal werfen solle, damit er es mir noch einmal zurückbringen könne. Dieses Spiel spielten wir ein paar Runden lang, was bei ihm offenbar einen bleibenden Eindruck hinterließ, nämlich den, dass ich Gegenstände warf, um mit ihm zu spielen.

Dass er mir allerdings auch sein Pipi und Kaka zum Geschenk machte, hielt ich zunächst für einen gemeinen Streich. Ich hatte mich früh schlafen gelegt, und genau in dem Moment, als ich träumte, der Kater würde sein Geschäft auf mir erledigen, wachte ich auf, erleichtert, dass es nur ein Traum gewesen war. Doch als ich mich wieder hinlegte, nahm ich einen widerwärtigen Gestank wahr, der mir sehr vertraut vorkam. Mit einem lauten Schrei fuhr ich aus dem Schlaf, um den bösen Traum zu vertreiben, und musste feststellen, dass es kein Traum war: Auf der Bettdecke thronte ein ansehnlicher Haufen Katzenscheiße, und zwar auf meiner Seite, nicht auf der meines Mannes. Auch mein Mann wachte naserümpfend auf: »Was ist denn hier los?«

Ich erklärte ihm, dass der Kater auf meine Bettdecke gemacht habe, woraufhin er sofort hinausrannte und gleich darauf wiederkam: »Mensch, du hast vorm Schlafengehen die Balkontür geschlossen, deswegen konnte er nicht aufs Katzenklo!«

Ich schlug mir an die Stirn. Mist. In Ermangelung seines Sandhaufens hatte der Kater seine Notdurft kurzerhand auf meinem Bett verrichtet.

Dieser Kater hatte es wirklich faustdick hinter den Ohren. Das schlaue Biest wusste, wie er es mir heimzahlen konnte, und zwar gehörig. Wenn ihm etwas nicht passte und er es überdrüssig war, unsere Nachlässigkeiten zu ertragen, drückte er uns auf diese Weise seinen Unmut aus. Von wegen Geschenke machen. Er legte Bomben. Ihn auszuschimpfen war zwecklos. Es galt, gut aufzupassen, um ihn nicht zu provozieren.

Mit sechs Monaten fiel dem Kater ein besonderes Geschenk für mich ein. Auch bei dieser Gelegenheit machte er sich meinen Schlaf zunutze und platzierte den Gegenstand direkt auf meinem Kissen.

Als ich morgens aufwachte und schlaftrunken nach meinem Handy tastete, stach mir ein kleines, rundes Objekt in die Handfläche. Ich packte es und hielt es mir vor die Augen. Ein perlweißer kleiner Zahn. Sofort war ich hellwach, fragte mich, wo bloß dieser Zahn herkam, der offensichtlich nicht von einem Menschen stammte; folglich musste es ein Katzenzahn sein.

Ich rüttelte meinen Mann wach und erzählte ihm, dass der Kater Zähne verliere. Mit zusammengekniffenen Augen betrachtete er, was ich ihm eingeklemmt zwischen Daumen und Zeigefinger vors Gesicht hielt, und stimmte zu, dass es sich um einen Katzenzahn handelte. Eilig schoss ich aus dem Bett, suchte den Kater, sperrte sein Maul auf, und tatsächlich fehlte dort ein Zahn.

Er hatte mir ein Geschenk zur Feier seines Erwachsenwerdens gemacht. Gemäß einer alten Sitte wirft man die oberen Milchzähne, wenn sie Kindern ausfallen, zur Hintertür hinaus, und die unteren Milchzähne aufs Dach. Angeblich wachsen auf diese Weise die Zähne so, wie es sich gehört.

Daran hielt ich mich jedoch nicht, sondern versteckte den Zahn an einem geheimen Ort, den ich nicht einmal meinen Mann wissen ließ. Ich wollte sehen, ob die neuen Zähne des Katers, wenn ich seine Milchzähne versteckte, auch ordentlich wuchsen. Es war ein kleiner Streich, mit dem ich dem Kater seine Faxen vergalt. Wir würden sehen, ob er sich weiterhin über mich lustig machen würde.

35

FEINDE

Ohne ersichtlichen Grund rannte der Kater wie wildgeworden durch die Wohnung, von Süden nach Norden, von Ost nach West, scheinbar außer Kontrolle. Tatsächlich folgten seine Bewegungen einem bestimmten Muster, wie bei einer Maschine. Man musste den Kater nur entsprechend programmieren und schon wurde aus ihm ein mechanisches, niemals stillstehendes Räderwerk, aber eins auf vier Pfoten. Wenn er mit einem Affenzahn durch die Wohnung schoss und es schon so aussah, als würde er jeden Augenblick gegen die Wand krachen, wich er in letzter Sekunde geschickt aus. Flink und grazil stemmte er sich mit den Hinterläufen gegen die weiße Wand, und im nächsten Augenblick wirbelte er herum, beschrieb einen perfekten Bogen, wendete und flitzte in die entgegengesetzte Richtung zurück.

Er rannte und rannte, als wäre ihm ein unsichtbarer Feind dicht auf den Fersen.

Dabei hinterließ er unzählige Pfotenabdrücke auf den Wänden, selbst in der Luft hinterließ er seine Spuren. Er verausgabte sich völlig, einen Ausdruck von Panik im Gesicht. Hin und wieder verlangsamte er sein Tempo oder hielt plötzlich inne und sah sich mit zuckender Schnauze, Ohren und Augäpfeln um. Jetzt glich er einem dieser Kung-Fu-Meister aus den Kampfkunst-Fernsehserien, die sich angriffsbereit gegenüberstehen, einer im Licht und einer im Dunkeln, vibrierend vor Anspannung. Mit zitternden Schnurrhaaren schätzte er die nächste Bewegung des Gegners ab, streckte vorsichtig eine Vorderpfote aus, stieß sich mit den Hinterläufen ab und preschte wieder los.

Der Gegner schien fliegen zu können. Man konnte ihn zwar weder sehen noch seine Form erraten, aber es musste ein außergewöhnliches Wesen sein, das in der Bewusstseinswirklichkeit des Katers herumgeisterte; jedenfalls legte sein Verhalten das nahe. Es setzte sich im Kopf des Katers fest, und im Nu lauerte es im Zimmer und machte den Kater zu einem wild gewordenen Jäger – oder zu einer fliehenden Jagdbeute.

Unablässig spielte der Kater mit diesem ungebetenen Gast sein spannendes Kung-Fu-Drama, jeder Flecken der Wohnung war eine potentielle Kampfarena. Als ich ihn das erste Mal in dieser Manier herumrennen sah, erschrak ich mich zu Tode, fürchtete, der Kater sei geisteskrank. Man konnte versuchen, ihn zur Ordnung zu rufen, soviel man wollte, er ignorierte es. Ich wurde zur bloßen Zuschauerin eines absurden Theaterstücks, hockte sprachlos auf dem Sofa, gespannt auf den Ausgang des Dramas.

Mein Mann und ich überlegten uns, was für eine Geschichte hinter der Aufführung stand. Es musste einen Feind geben, der im Verborgenen lauerte. Möglicherweise war dieses Etwas auch gar nicht verborgen, sondern schwirrte um uns herum und war der menschlichen Wahrnehmung entzogen, während es dem Kater den letzten Nerv raubte.

Manchmal gab es einen schwachen Luftzug, so schwach, dass man ihn kaum spürte, ein Hauch, von dem man eine Gänsehaut bekam. Der Kater begann, dieses Etwas zu umkreisen, es anzugreifen und davor zurückzuweichen, wobei er unglaubliche Laute ausstieß, die allein ausgereicht hätten, um einem Gegner den Garaus zu machen. Es dauerte eine Weile, bis der Wind sich legte und der Kater sich wieder beruhigte. In den meisten Fällen gab es nicht einmal einen Windhauch; es gab nur den Kater, der todernst mit einem unsichtbaren Feind rang.

36

HOHLKATZE

Der Kater hatte einen kugelrunden Bauch, wie einer dieser Luftballons, die in unterschiedlichen Modellen an Ständen vor dem Supermarkt verkauft wurden, in Form einer aufgeblasenen Micky Maus oder eines Donald Duck oder SpongeBob. Genauso aufgeblasen sah der Kater aus; es war, als fehlte nur die Schnur, um ihn in den Himmel steigen zu lassen. Wollte man ihn foppen, brauchte man ihn nur am Schwanz zu ziehen, damit die Luft entwich, der Kater zischend herabsank und durch die Luft wirbelte, bis er wie ein Sack auf dem Boden landete.

Der erschlaffte Kater läge dann reglos und deprimiert auf der Erde, aus einem dreidimensionalen Kater wäre mit einem Mal ein zweidimensionaler geworden, unfähig, aufzustehen und über die Straße zu spazieren, ein Kater, der seine frühere Energie und Würde vollkommen eingebüßt hätte. Mit kläglich flehendem Blick

würde mich dieser Kater anstarren. Ein Bild, das ich mir häufig ausmalte, je öfter, desto lebendiger wurde es. Ich verzog den Mund zu einem schadenfreudigen Grinsen. Na warte!

Man nehme eine Handvoll Katzenfutter, stopfe es dem Kater ins Maul, lasse ihn schlucken; wenn das nicht reicht, dann noch eine Handvoll, bis der Katzenmagen prall gefüllt ist und wieder seine runde Kugelform angenommen hat. Ganz einfach.

Unser vom Katzenfutter aufgedunsener Kater hatte unten am Bauch schon ein weiches Fettpolster angesetzt, das ihn schwer nach unten zog. Von der Last, die er ständig mit sich herumzuschleppen hatte, war der Kater schon ganz faul geworden. Platt und reglos lag er auf dem Boden, wo sein Bauch sich unter ihm verteilte und er festklebte wie vergossene Milch.

Mein Mann meinte, wir vergeudeten zu viel Katzenfutter. Er hatte sich auch schon eine Methode überlegt, mit der wir einerseits weniger Futter verschwendeten und andererseits dem Kater wieder zu seiner früheren Figur verhalfen, nämlich indem wir ihn zu einem riesigen Ballon aufbliesen. So würde aus dem runden, plumpen Kater ein federleichtes Luftgebilde. Nur wie wird ein Kater zu einem ordentlichen Gasballon?

Schon holte mein Mann tief Luft und blies mit aller Kraft ins Schwanzende des Katers. Und siehe da, der Kater wurde größer und größer, schwoll zu einem Ballon an und war im Handumdrehen zu einer Hohlkatze geworden. Beim Streicheln stellte man nicht den geringsten Unterschied fest. Sein Fell war noch immer schön glatt, nur der Bauch war so straff gespannt wie eine der Schafhäute eines Schafhautfloßes.

Seltsam war nur: Egal, wie vollgefressen der Kater war, wie gigantisch seine Rundung auch wirkte – immer schlüpfte er mit Leichtigkeit durch die engsten Ritzen, selbst unter unser keine zehn Zentimeter hohes Bett passte er, dem Ort, an dem er am liebsten seinen Mittagsschlaf verbrachte. Dafür hatte er eine ausgefeilte Technik entwickelt. Zuerst steckte er den kleinsten Teil seines Körpers in die Öffnung, reckte den Hintern weit in die Höhe und ließ einen kräftigen Furz, womit er sich aller Gase in seinem Magen entledigte, die ihn daran hinderten, unters Bett zu kriechen. Und so schrumpfte er nach und nach auf eine praktisch flache Größe, wand sich Stück für Stück voran, und unversehens war der ganze Kater unter dem Bettgestell verschwunden.

Gut versteckt döste er dann zufrieden vor sich hin, denn an einem solchen Ort wurde man immerhin nicht leicht aufgespürt. Für mich hieß das, mich platt auf den Boden zu legen, um nach ihm Ausschau zu halten. Wenn ich mich nach seiner Gesellschaft sehnte, musste ich mich gedulden, bis er aufwachte und herauskam.

Einmal wach, kroch er unter dem Bett hervor, streckte sich, atmete tief ein, und ganz ohne äußere Unterstützung wurde er wieder so prall und kugelrund wie zuvor. Erwischte man ihn aber in einem unaufmerksamen Moment am Schwanz und ließ durch Ziehen die Luft entweichen, flog er pupsend durch den Raum, so lange, bis alles Gas aus ihm gewichen war. Und schon schleppte der Kater wieder seinen leeren, milchfarbenen Hängebauch mit sich herum, breitete ihn, alle viere von sich gestreckt, unter sich auf dem Boden aus, richtete seinen flehenden Blick auf mich und harrte darauf, wieder bis zum Rand gefüllt zu werden.

37

KONDENSIERT

Eines Abends war es in der Wohnung furchtbar schwül. Ich hatte das Gefühl, als drücke etwas schwer auf meinen Kopf, ich war unruhig, mein Magen war in Aufruhr; ich zog meinen Kragen weit auf und fächerte mir ununterbrochen Luft zu. »Regen«, sagte ich zu mir selbst, »lass es bitte regnen.«

Auch der Kater hatte seine übliche Gelassenheit eingebüßt, konnte nicht stillhalten und strich ständig um mich herum. Schließlich hockte er sich hin, spreizte die Krallen und begann, sein Fell zu lecken.

Das Sprichwort sagt: Wäscht der Kater sich das Fell, kommt der Regen auch sehr schnell.

Vor dem Regen ist es schwül und feucht, Abertausende Wassertropfen hängen in der Luft, können ihr Eigengewicht kaum mehr halten. Finden sie nicht rasch ein Objekt, an dem sie sich festsetzen können, sinken sie wegen der Schwerkraft unweigerlich zu Boden und lösen sich auf.

Die intelligenteren Tropfen haben ein schimmerndes Antlitz und finden umgehend etwas Passendes, an das sie sich hängen können. Wenn sie Glück haben, fallen sie auf ein gut absorbierendes Objekt aus Baumwolle, wie Bettdecken oder Anziehsachen. Wenn man vor dem Regen eilig seine Kleidung zusammenpackt, dann nicht deshalb, damit sie nicht vom Regen durchnässt wird, sondern weil sich die Feuchtigkeit sonst ruckzuck in den Kleidern festsetzt, die davon so modrig werden, dass man sie nicht mehr anziehen möchte. Gerne verbergen sich die Tropfen tief im Bettzeug, die Baumwolle wird dann ganz schwer von der Feuchtigkeit und die Decke steif.

Der Kater in seiner Rolle als Prophet war vor den Tropfen am wenigsten sicher. Da lag vor allem an seinem dichten Fell; man konnte ahnen, wie sich die Wassertropfen einem Bienenschwarm gleich auf ihn stürzten und ihre ganze Feuchtigkeit über den Katzenkörper vergossen. An jedem einzelnen Haar seines Fells hingen unzählige Wasserperlen. Mit dieser feuchten Last auf dem Rücken wankte er vorwärts, aber das hielt er nicht lange durch und er musste sich hinhocken. Dann leckte er sein Fell und beförderte mit der Zunge sämtliche Wasserperlen in seinen Magen, so lange, bis die Last erträglicher wurde.

Durch das Auflecken der Wassertropfen steckte nun das ganze Wasser, das einmal zu Regen werden wollte, im Kater. Er hortete eine Magenfüllung voll Regenwasser, die die Niederschlagsmenge entsprechend ein klein wenig geringer ausfallen ließ.

Die Wassertropfen, die an seinen Schnurrhaaren glitzerten, verbanden sich zu winzigen, kristallenen Trauben, in denen das Licht sich in allen Farben brach. Immer tiefer sanken die Schnurrhaare unter ihrer Last, bis sie einen hübschen Bogen beschrieben. Als der Kater sich im Spiegel betrachtete und feststellte, wie ungewöhnlich attraktiv sein Schnurrbart war, war er so stolz, dass er sich gar nicht mehr von seinem Konterfei lossagen wollte und hemmungsloser Selbstverliebtheit frönte.

Es wurden immer mehr Wassertropfen, die sich an seine Schnurrhaare hängten. Immer tiefer senkte sich der Schnurrbart, was die Katerschnauze irgendwann sehr streng und steif wirken ließ. Als der Kater erkannte, wie trübselig der eben noch so hübsch geformte Schnurrbart jetzt nach unten zeigte, und er seine neugewonnene Katzenwürde schon wieder einzubüßen drohte, entschied er, dass die vielen Wassertropfen überflüssig waren, dass zu viele davon hässlich machten. Er schüttelte sich und wischte mit den Tatzen die überzähligen Tropfen vom Bart.

Im Nu sprang der Bart wieder in seine alte Form zurück und ragte nach oben, und auch die Katermiene entspannte sich. Er wischte sämtliche Wassertropfen weg, zurück in die Luft, wo sie hergekommen waren, wo sie kondensierten, sich zusammenballten und schließlich eine riesige, düstere Regenwolke bildeten.

Es dauerte nicht lange, bis der Regen fiel.

38

KATZENTÜCKE

Katzen und Katzentücke scheinen zwar eng miteinander verwandt, sind aber doch zwei ganz und gar verschiedene Dinge. Wenn man nicht aufpasst, könnte man sie leicht verwechseln. Es soll Leute geben, die meinen, dass Katzentücke eindeutig von Katze herrühre, sogar ein Teil der Katzen wäre, ohne zu erkennen, dass zwischen beiden eine klare Grenzlinie zu ziehen ist. Katzentücke geht weit über die üblichen kleinen und frechen Intrigen der Katze hinaus; sie spielt sich im Verborgenen ab, scheut das Licht der Öffentlichkeit. Eine Katze ist die kleinere Variante davon, Katzentücke die größere.

Der Kater verfügte über ein außerordentlich gutes Sehvermögen, selbst an sehr dunklen Orten Verborgenes entging ihm nicht, er kannte alle Formen der Katzentücke und wusste genau, wie sie aussehen. Außerdem hatte er eine angeborene Vorliebe für Späße und Schabernack, betrachtete jedes Wesen mit großer Neugier und obwohl er sich darüber im Klaren war, dass Katzentücke kein gutes Gewächs ist, konnte er es nicht lassen, zu Katzentücke zu greifen und auszuprobieren, wie es wäre, ein kleiner Mistkerl zu sein.

Sich von einer Katze in Katzentücke zu verwandeln und von Katzentücke in eine Katze fiel ihm gar nicht schwer. Es genügte, dass der Kater Lust auf ein Spielchen bekam oder ihm ein ausgefuchster Streich durch den Kopf ging, schon verwandelte er sich in Katzentücke; sobald die Katzentücke ihre spitzbübischen Ideen wieder aufgab, verwandelte sie sich zurück in den Kater. Dieses Rollenspiel zwischen Kater und Katzentücke war eine Lieblingsbeschäftigung der beiden, es kostete sie auch keine große Energie; ein schelmischer Einfall genügte, und schon wurde eins zum anderen. So gut wie täglich nahm sich der Kater Zeit für diesen fröhlichen Identitätswandel. Kater und Katzentücke tauschten im fliegenden Wechsel die Rollen, so schnell, dass man unmöglich mitbekam, wer wer war.

Entdeckte man zum Beispiel ein paar feuchtfrische Katzenpfotenabdrücke auf dem Boden, wusste man, dass soeben Madame Katzentücke vorbeigelaufen war. Kaum stieß die Katzentücke auf Wasser, machte sie sich einen Spaß daraus, Wasserspritzer so zu verteilen, als hätte jemand einen großen Stein in einen Tümpel geworfen.

Madame Katzentücke war so durchtrieben, dass sie ihre Spuren, obwohl sie immer deutlich sichtbar waren, im Handumdrehen verwischte. Man bekam sie einfach nicht zu fassen. Auch wenn man ihre Schliche noch so gut kannte, durchschauen konnte man sie nie.

Ich folgte den Spuren, um die Übeltäterin zu stellen. Sie führten mich auf den Balkon, wo ich den Kater antraf, der gerade alle viere der Sonne entgegenreckte und sich seine Tatzen rösten ließ. Offenbar war ich knapp zu spät gekommen, und aus der Katzentücke war schon wieder der Kater geworden. Dieser Kater hatte im Augenblick nichts anderes im Sinn, als ein friedliches Mittagsschläfchen zu halten; von Katzentücke weit und breit keine Spur.

Echte Katzentücke kam unsichtbar und ging spurlos. Daher hatte ich sie noch nie zu sehen bekommen; ich kam stets zu spät, um sie in flagranti zu erwischen.

Einmal arbeitete ich gerade am Schreibtisch, als ich aus dem Wohnzimmer ein Rascheln wie beim Ausräumen von Schränken hörte. Schnell lief ich hinüber und entdeckte die offene Schranktür. Als ich nach dem Kater rief, hörte das Rascheln sofort auf. Vor dem Schrank lagen Nüsse auf dem Boden verstreut. Kurz darauf kam der Kater aus dem Nebenzimmer und hockte sich vor mich, als wäre nichts gewesen. Mir war sofort klar, was Sache war, und ich bereute, dass ich nach ihm gerufen hatte. Mein Rufen hatte die Katzentücke alarmiert; sonst hätte ich sie vielleicht endlich einmal auf frischer Tat ertappt.

Fortan ging der Kater immer durchtriebener und vorsichtiger vor. Es war unmöglich, seine Verwandlung in die Katzentücke nachzuweisen.

39

EINS VON NEUN LEBEN

Eine Katze hat neun Leben, heißt es, das klingt ein bisschen, als ob eine Katze neun Kleider hätte; ist das erste zerschlissen, bleiben noch acht andere, weshalb sie nicht besonders darauf achtgeben muss. Gleich neun Garnituren Unter- und Oberkleidung auf dem Leib zu tragen kommt der unverwüstlichen Rüstung eines Buddhawächters gleich.

Nun wüsste man gerne, worin die neun lebensbewahrenden Kleidergarnituren einer Katze bestehen. Was würde geschehen, wenn sie in eine Messerklinge liefe oder in die Bratpfanne rutschte? Intelligente Menschen müssen das aber gar nicht erst austesten, sie brauchen sich ihre Katze nur einmal genauer anzusehen und schon steht ihnen alles bildlich vor Augen.

Sein erstes Leben verlor unser Kater, als er aus dem Fenster fiel. Eines Tages wollte er vom Balkon auf den Metallkasten mit der Klimaanlage springen, rutschte ab und stürzte nach unten, mehrere Stockwerke tief, bis er auf dem kommunalen Grünstreifen landete; sein erstes Gewand blieb unterwegs in den Zweigen der Bäume hängen. Mittlerweile ist es wohl längst verrottet und zu frischem Humus für das Erdreich geworden.

Das zweite Leben ging beim heimlichen Verschlingen eines Knochens verloren. Der Kater hatte, angelockt vom Duft nach Fleisch, einen abgenagten Knochen aus dem Abfalleimer gefischt. In dem Glauben, ein großes Stück Fleisch erwischt zu haben, würgte er ihn hinunter, ohne ihn gründlich zu zerbeißen, und prompt blieb ihm der viel zu große Knochen im Hals stecken. Röchelnd rollte er über den Boden, bis von seinem zweiten Kleid kein Fitzelchen mehr übrig war.

Das dritte Leben verlor der Kater bei einem Sturz ins Wasser. Eines Abends ließ ich mir die Wanne volllaufen, um ein Blütenbad zu nehmen. Irgendwann stahl sich der Kater unbemerkt herein. Als ich ihn entdeckte, trieb auf der Wasseroberfläche sein drittes Kleid.

Nummer vier verlor er beim Trinken von kochendem Wasser. In meinem Teebecher befand sich hundert Grad heißes Wasser, von dem weißer Dampf aufstieg. Wie üblich wollte der Kater aus dem Teebecher trinken, und damit ihn niemand dabei erwischte, trank er besonders hastig und verbrannte sich die Zunge. Erschrocken wirbelte er herum, stieß dabei den Becher um, und im Nu verdampfte sein viertes Gewand zu einem weißen Hauch.

Die Ursache für den Verlust des fünften Lebens war

Krankheit. Dem Kater ging es furchtbar schlecht, er aß nichts, trank nichts, sein Bauch blähte sich ungewöhnlich weit auf. In der Tierklinik erklärte die Veterinärin, das Tier sei schon nicht mehr zu retten, leide furchtbar und werde bald sein Leben aushauchen; es wäre besser, ihm den Gnadentod zu gewähren. Und so blieb sein fünftes Kleid für immer in der Tierklinik hängen. An der Injektionsnadel hängt bis heute ein Fitzelchen Stoff.

Dann war es seine ewige Neugier, durch die der Kater sein sechstes Leben einbüßte. Neugier ist der Katze Tod, wie das Sprichwort sagt, eine Tatsache, die der Kater nicht wahrhaben wollte. Wir hatten einen ziemlich großen neuen Schrank angeschafft. Der Kater, begierig zu erfahren, was dort alles drinsteckte, hockte sich stundenlang davor. Tatsächlich war der Schrank vollkommen leer. Seine Neugier auf die im Schrank verborgenen Dinge war aber so übermächtig, dass sie ihn verzehrte. Selbst nachdem er feststellen musste, dass es im Schrank nichts zu sehen gab, traute er den Tatsachen nicht und verbrachte den ganzen Tag damit zu rätseln, was für großartige Dinge sich wohl in diesem Schrank verstecken mochten. Und so wurde sein sechstes Gewand nach und nach von seiner eigenen Neugier verschlungen.

Das siebte verlor er wegen seiner Fresssucht. Weil es im Heimtierbedarf gerade ein Sonderangebot gab, hatte ich jede Menge Dosen Katzenfutter eingekauft. So viel Futter auf einmal hatte er noch nie gesehen; bei so vielen verschiedenen Geschmacksrichtungen musste er notgedrungen alle durchprobieren.

Er fraß eine nach der anderen und konnte gar nicht mehr aufhören, bis ihm bei der letzten der Bauch platzte. Damit war natürlich auch Leben Nummer sieben dahin.

Sein achtes Kleid legte der Kater absichtlich ab. Da er inzwischen schon sieben Leben gelebt hatte und nur noch zwei übrig blieben, fiel ihm kein triftiger Grund mehr ein, um ein weiteres Leben zu verlieren, weshalb er kurzerhand so etwas wie einen Freitod wählte. Wie er das anstellte, blieb ein Geheimnis, niemand durfte davon erfahren. Er lief einfach von zuhause weg, blieb für eine Weile verschwunden, und als er wiederkam, hatte er endgültig nur noch ein einziges Lebensgewand am Leib.

Sein neuntes und damit letztes Leben blieb dem Kater, wie auch immer er es anstellte, dauerhaft erhalten, es war nicht abzuschütteln. Selbst wenn er noch einmal zu einer so radikalen Methode wie dem Selbstmord greifen würde, würde sein neuntes Kleid wohl unversehrt und tadellos an ihm haften bleiben. Wohin er auch ging, sein neuntes Leben ging mit.

Der Kater kam zu mir, damit wir gemeinsam nach einer geeigneten Möglichkeit suchten, das Kleid abzulegen; ich suchte und überlegte, fand aber partout nichts und stellte fest, dass das letzte Leben des Katers glücklicherweise untrennbar mit meinem Leben verbunden war. Da ich mich in der besten Phase meines Lebens befand, strotzte auch der Kater vor Energie. Der Kater und ich hatten ein einziges Leben vor uns, wir waren unzertrennlich. Nichts konnte uns etwas anhaben.

40

DIE KUNST DER BALANCE

Der Kater liebte es, sich auf den Balkon zu begeben, sich dort genüsslich zu sonnen, es war der perfekte Aufenthaltsort: bequem zu erreichen, Sonnenstrahlen, frische Luft, Wattewölkchen. Aber nicht nur der Kater tummelte sich gern auf dem Balkon; ich war ebenso gern auf dem Balkon wie er.

Der Kater erprobte an seinem Lieblingsplatz Dinge, die ihm Spaß machten, sorgte für Abwechslung von seinem Alltag, indem er sich eigenartige Spielchen ausdachte. So kletterte er am Wasserrohr hoch, mehr als zwei Meter, um von oben herunterzuspringen. Wenn er dann fest und sicher aufkam, sah man ihm an, wie vergnügt und stolz er war. Wenige Tage später balancierte er auf der keine fünf Zentimeter breiten Balkonbrüstung entlang, immer hin und zurück wie ein Seiltänzer.

Eine Pfote vor die andere setzend, spazierte der Kater

gemächlich darauf herum, ohne jede Angst, herunterzufallen. Er legte seinen Gleichgewichtssinn in den Bauch und vollführte jeden Schritt mit so gekonnter Akkuratesse wie bei einer wohldurchdachten Akrobatikshow.

Während er so auf der Brüstung entlangtapste, erhaschte sein Blick eine Wolke, er lief in ihre Richtung und machte einen großen Satz vorwärts. Mit einem weiteren Sprung landete er auf der Wolke, sank tief mit den Pfoten darin ein. Das Innere der Wolke war viel dichter, weicher und elastischer als gedacht. Als der Kater dort mit beachtlichem Schwung auftraf, schnellte er sofort wieder nach oben. Glücklicherweise stieg er beim Abprall in gerader Linie aufwärts gen Himmel, so dass er im freien Fall wieder weich auf der Wolke landete und nicht danebenfiel.

Anstelle des Katers war ich diejenige, der beim Zusehen der Schweiß ausbrach und in Strömen über das Gesicht rann.

Der Kater kehrte aus der Wolke zurück aufs Balkongeländer und nahm seine vormalige Seiltänzershow wieder auf, dem Anschein nach stabiler als zuvor, und gab eine Kostprobe seines außergewöhnlichen Gleichgewichtssinns. Offensichtlich bereitete ihm das enormes Vergnügen. Im Grunde balancierte er nicht länger als eine Minute auf dem Geländer, auch wenn es mir wie eine Ewigkeit vorkam; als wären wir in ein schwarzes Loch gefallen, das alle Zeit verschluckte.

Schließlich hörte der Kater auf, hin- und herzuspazieren und legte sich auf die Brüstung, wobei er sich dort allein mit dem Bauch hielt, während er seine vier Läufe seitlich herunterbaumeln ließ, und machte es sich für ein Nickerchen gemütlich. Seine Krallen waren dabei tief in den umgebenden Wolken vergraben, so dass er perfekt von ihnen gestützt wurde. Der Kater stieß einen tiefen Seufzer aus, senkte den Kopf und schloss die Augen. Sein Schwanz fiel entspannt herunter und streifte die Wolken wie ein Windstoß.

Als ich ihn hochnahm und wegtrug, schlug er die Augen auf, strampelte sich aus meiner Umarmung frei und rannte wieder zur Brüstung. Schon setzte er zum erneuten Sprung auf das Geländer an. Aber ich durchschaute seine Absicht und war schneller, packte ihn und brachte ihn zurück ins Zimmer. Ich wagte nicht noch einmal, ihn hinaus auf den Balkon zu lassen.

Wenige Tage später bat ich meinen Mann, die Handwerker zu rufen, um außen vor dem Balkongeländer eine Scheibe anbringen zu lassen, groß und durchsichtig, beinahe unsichtbar. Der Kater schien die zusätzliche Scheibe nicht wahrzunehmen, sprang wie zuvor auf das Geländer und verfiel in seinen balancierenden Katzengang.

41

PLANET DER KATZENEIER

Am Hintern des Katers hingen zwei kleine Eier, die aussahen wie zwei Zwillingsplaneten. Anders als andere Planeten rotierten sie nicht um die eigene Achse, es gab zwischen ihnen kein Du-drehst-dich-um-mich-ich-dreh-mich-um-dich; sie drehten sich stets nur so weit, wie der Kater sich drehte. Ging der Kater geradeaus, gingen sie mit geradeaus, beschrieb er einen Bogen, beschrieben sie einen Bogen, sprang der Kater hoch, flogen auch sie hoch, ein klein wenig über den Rand der Galaxie hinaus; blieb der Kater, wo er war, blieben auch sie dort.

Bislang hatte die Wissenschaft diesen beiden Planeten noch keine Namen gegeben. Daher nahm ich die Sache in die Hand und nannte sie Katzeneiplaneten.

Je größer der Kater wurde, umso größer wurden auch die Katzeneiplaneten. Nachts waren sie auch für Bewoh-

ner eines anderen Planeten sichtbar, wie die Sterne, die wir sehen, wenn wir den Kopf in den Nacken legen und zum Himmel schauen. Sie sahen an ihrem Nachthimmel dann die Erde und daneben die beiden Katzeneiplaneten, die das Licht der Sonne reflektierten und sich ihre Energie zunutze machten. Deshalb lag der Kater auch so gern in der Sonne. Die Katzeneiplaneten mussten ausreichend Licht und Wärme aufnehmen, damit sie sich nachts anzünden und zu leuchtenden Sternen werden konnten.

Viele lobten beim Anblick der Katzeneiplaneten, wie rund und kräftig sie geworden waren, beeindruckt von den Fähigkeiten des Katers, der zwei so außergewöhnliche Planeten hervorzubringen vermochte. Ein Freund meinte, diese Planeten seien zwar hübsch anzusehen, aber auch sehr mysteriös. Ihnen hafte etwas Flüchtiges an, denn sobald sie reiften, könnte der Kater mit ihnen diese Wohnung verlassen und in den Tiefen des Universums verschwinden.

Ich fragte, wann es so weit sei, und der Freund antwortete, das könne man nicht genau sagen. Wäre der Kater erst einmal erwachsen, sei es nur natürlich, dass er sich gern davonmachen wollte, so sei nun einmal das unumstößliche Gesetz der Natur.

Einige Monate später fing der Kater an, laut zu maunzen, und verlor unkontrolliert Urin. Der Freund erklärte mir, das seien untrügliche Anzeichen dafür, dass die Katzeneiplaneten die Erde verlassen wollten. Da der Kater offenbar furchtbare Qualen litt, ging ich davon aus, dass er den Trennungsschmerz nicht verkraftete.

Am Ende brachte ich den Kater in die Tierklinik. Binnen zehn Minuten wanderten die Katzeneiplaneten vom Katzenhintern in die Finger der Ärztin. Man sah, dass sie nach wie vor in Bewegung waren.

Ihr leichtes Schwanken war der letzte Schritt des Ablöseprozesses.

Nur wenige Minuten später waren die Katzeneiplaneten vollständig verschwunden. Ich konnte vor dem Fenster noch deutlich ihre verschwommenen Umrisse erkennen; die Tierärztin hingegen schenkte ihnen keine Beachtung, wahrscheinlich hatte sie das schon oft gesehen. Da der Kater wegen der Narkose tief und fest schlief, war ich die Einzige, die an seiner Stelle die Katzeneiplaneten verabschiedete.

So kreisten die Katzeneiplaneten vor meinen Augen ihre letzten Umlaufbahnen um die Erde, eine Abschiedsvorstellung nur für mich. Vertikal stiegen sie dann am Himmel auf wie eine aus blauen Flammen aufschießende Rakete. Ihr Ziel war der Planet Miau, über den meine Freunde sagten, dass alle Katzen der Welt nach ihrem Tod dorthin reisten. Planet Miau war exklusiv den Katzen vorbehalten.

Die beiden Katzeneiplaneten wurden zu winzigen Sternen, zu den kleinsten Trabanten, die um den Planeten Miau kreisten, umgeben von der Stille des Weltraums. An ihrer Oberfläche herrschte reine Ödnis, dort gab es nichts, nur den sehr zarten Geruch nach Katzenwelpen.

42

KATZENCODE

Obwohl die Katzeneiplaneten den Kater verlassen hatten und zu zwei eigenständigen Sternen geworden waren, hatte ich das Gefühl, dass sie die Verbindung zu ihm nie ganz abbrachen. Sie behielten den Katzengeruch bei und schienen in alle Richtungen Signale auszusenden. Als Erster empfing der Kater das Signal, das er dann codiert an mich übermittelte.

Der Kater sprang oft auf meinen Schreibtisch, und während er vorgab, unabsichtlich über meine Computertastatur zu trampeln, hinterließ er dort den empfangenen Geheimcode. Er kreierte im Pfotenumdrehen einen Text, den ich bedauerlicherweise nicht entziffern konnte.

Ich rief nach meinem Mann und fragte ihn: »Kannst du verstehen, was der Kater da geschrieben hat?« Er murmelte etwas, dann antwortete er: »Ist doch klar, er teilt mit, dass er Hunger hat und etwas futtern möchte.«

Ich warf ihm einen spöttischen Blick zu. »Jetzt tu nicht so schlau. Eben erst habe ich ihn mit Hähnchenbrustfleisch gefüttert. Hungrig ist er nicht.«

»Jetzt weiß ich es.« Mein Mann beugte sich dicht an mein Ohr und flüsterte: »Er ist einer von den Verrückten, die glauben, die Außerirdischen kommen, um die Menschheit zu vernichten.«

Das Gerede meines Manns brachte mich auf eine Idee. Was, wenn es sich bei dem vom Kater getippten Code um eine Botschaft aus dem All handelte? Wobei ich die Wahrscheinlichkeit, dass Außerirdische ausgerechnet unseren Kater zum Übermittler ihrer Botschaft wählten, als ziemlich gering ansah. Ob dort draußen Außerirdische existierten, darüber konnte man streiten. Am wahrscheinlichsten war noch, dass es sich um ein Signal der Katzeneiplaneten handelte. »Ich hab's, es ist eine Botschaft von den Katzeneiplaneten!«, platzte ich heraus.

Mein Mann rümpfte die Nase. »Von wegen Katzeneiplaneten! Das kommt eindeutig von Außerirdischen.« Daraufhin listete er lauthals eine Reihe von Beweisen seiner These auf: Der Kater streune nur deshalb nachts so gerne herum, weil er den Schlaf der Menschen nutze, um sich heimlich ans Fenster zu setzen und in der Stille der Nacht mit Außerirdischen Kontakt aufzunehmen. Die Enden jedes Haars seines Katzenfells seien in Wahrheit Antennen, mit denen er Signale aus dem All empfange. Dass er ständig Haare verliere, diene der Erneuerung dieser Antennen, die mit jedem Austausch ein Update erhielten und noch empfänglicher für Signale wurden. Die aus dem All empfangenen Geheimbotschaften speichere er in sich wie Katzenfutter, es würden mehr und mehr, bis er dann bei passender Gelegenheit, wenn wir gerade am Computer hockten, auf den Schreibtisch springe und eilends die empfangenen Botschaften in die Tastatur haue.

Was mein Mann sagte, ergab durchaus Sinn, und mir fiel auch nach einigem Nachdenken nichts ein, womit ich seine These widerlegen konnte. Dennoch traute ich weiterhin mehr meiner ersten Intuition, dass es sich um Signale der Katzeneiplaneten handelte und der Kater selbst nicht das Geringste mit diesen Botschaften zu tun hatte.

Ich bewahrte die vom Kater niedergeschriebenen Codes auf, um sie bei Gelegenheit zu dechiffrieren. Eines Tages würde ich den Geheimcode knacken.

43

HORIZONT

Würde der Kater nicht so häufig auf dem Balkon schlafen, wäre mir nie aufgefallen, dass man von dort den Horizont sehen kann. Die Stelle, an der Himmel und Stadt sich berühren, bildet eine alles andere als gerade Linie; sie schwankt zwischen höheren und niedrigeren Häusern, wie ein ausgeleiertes Gummiband.

Wenn der Kater mit halb geschlossenen Lidern auf dem Balkon kauerte, beobachtete ich ihn manchmal mit ebenso zusammengekniffenen Augen. Was sah ich? Der Kater schlief direkt auf dem Horizont, drückte ihn und damit das Auf und Ab der Häusersilhouetten, unter sich platt. Er nutzte die ganze Gummischlaffheit des Horizonts für seine Zwecke. Allerdings ohne davon zu wissen. Es interessierte ihn nicht. In einem solchen Moment kam mir der Kater wie eines dieser aus dem Nichts auftauchenden gigantischen Monsterwesen aus einem Hollywoodfilm vor; außer dass das Monster gerade schlief. Wehe, wenn es erwachte, dann würde es mit jedem Schritt die Stadt unter seinen Füßen plattmachen.

Der Schlafplatz des Katers lag genau an der Stelle, an der die Sonne auf- und unterging. Häufig schlief er zu lange und blockierte der Sonne den Weg. Wenn die Sonne den ganzen Tag am Himmel ihre Arbeit getan hatte und gegen sechs Uhr abends, kurz vor dem wohlverdienten Feierabend auf diese Stelle traf, stieß sie auf ein fettes, pelziges Hindernis. Erst wenn der Kater aufwachte, sich erhob und die Bahn freigab, kam die Sonne endlich weiter.

Nicht immer war der Kater taktvoll genug, die Sonne reibungslos nach Hause zurückkehren zu lassen. Oft gebärdete er sich eher zu faul und träge, um einen einzigen Zentimeter nachzugeben, blieb schwerfällig liegen, wo er war, so dass die Sonne sich am Rand gedulden musste und der Tag sich unmerklich in die Länge zog.

Nicht immer zeigte sich die Sonne so nachsichtig. Verärgert, nach einem langen Arbeitstag nicht nach Hause zu können, schwoll sie an und wurde so rot vor Zorn, dass sie selbst die Wolken in der Umgebung damit ansteckte. Von den Launen der Sonne infiziert, liefen die Wolken dunkelrot und violett an, bildeten ein farbenprächtiges Sonnenuntergangsszenario und ließen den Horizont, so weit das Auge sehen konnte, wunderschön erstrahlen. Auf dem Höhepunkt ihrer Wut verwandelte die Sonne den ganzen Himmel und die Wolken in ein überwältigendes Flammenmeer.

Die ganze Stadt legte dann den Kopf in den Nacken und starrte zum Himmel, ein Foto nach dem anderen wurde ins Netz gestellt. Niemand kam auf die Idee, den Kater als Verursacher dieses Szenarios zu verdächtigen. Der Kater jedoch zeigte keinerlei Interesse an der Farbenpracht und verschlief den Sonnenuntergang in aller Gemütsruhe.

Trotz seiner generellen Faulheit und Schläfrigkeit, kam es hin und wieder vor, dass der Kater aufwachte, bevor die Sonne hinter den Bergen versank, weil es plötzlich kühler wurde und er dort im Liegen nicht nur keine Sonne mehr abbekam, sondern auch seine tagsüber gespeicherte Wärme verloren ging. Meldete sein Magen zudem Hunger an, stand er doch noch auf und ließ die Sonne in Ruhe ihren Weg hinter den Horizont fortsetzen.

Am auffälligsten war das im Winter, wenn die Temperaturen auch tagsüber niedrig waren und gegen Abend rapide abfielen. Nichts fürchtete der Kater so sehr wie die Kälte, und sein Nachmittagsschlaf fiel daher so kurz aus, dass die Sonne die Gelegenheit nutzte, sich rasch davonzustehlen und frühzeitig hinter dem Horizont zu verschwinden. Aus diesem Grund waren die Nächte des Winters sehr, sehr lang.

44

WOLLKNÄUEL

Ob Regen, Wolken oder Sonnenschein – der Kater wusch sich das Fell, tagaus, tagein, dreihundertfünfundsechzig Tage im Jahr. Ein Mensch mag ohne Gesichtsreinigung auskommen, eine Katze kommt nicht ohne Fellreinigung aus. Die Zunge des Katers taugte als Handtuch und Kamm zugleich; sauber und ordentlich und katzenwohl fühlte er sich beim Felllecken. Dabei nahm er ständig neue Positionen ein, um den ganzen Körper zu putzen, vollführte mit außerordentlicher Gelenkigkeit akrobatische Bewegungen, um jeden toten Winkel zu erreichen, und putzte alles mit Hingabe, von den Zwischenräumen seiner Tatzen bis zum Anus. Nach und nach sammelte sich so immer mehr Katzenhaar in seinem Bauch an, unverdauliches Katzenhaar, das in seinem Magen ein Wollknäuel bildete. Daher spie der Kater von Zeit zu Zeit ein Knäuel aus.

Lebt man mit Katzen zusammen, atmet man tagtäglich jede Menge Katzenhaare ein. Der Kater wanderte auf diese Weise in unsere eigenen Mägen und nach einer Weile wuchs auch dort ein beachtliches Wollknäuel heran.

Die allmähliche Verdichtung der Katzenhaare beginnt damit, dass die einzelnen Haare sich zu langen Fäden spinnen, die sich anschließend umeinanderwickeln, weiter und weiter aufwickeln, bis sie das Aussehen jenes Wollknäuels annehmen, mit dem Mama früher Pullover gestrickt hat, eins, das aussieht wie dicht aneinandergekuschelte Katzenwelpen. Die Katzenhaare, die ein Mensch im Laufe der Zeit aus der Luft aufnimmt, entsprechen irgendwann einer ganzen Katze.

Das Kätzchen namens Wollknäuel hatte inzwischen wohl die Größe eines echten Wollknäuels erreicht.

Das Kätzchen in meinem Bauch hüpfte und tollte gern herum. Manchmal verlor es dabei das Gleichgewicht und fiel hin, wovon ich Magenschmerzen bekam; aber das war ein süßer Schmerz, den ich gern ertrug.

Ich lebte weiter wie bisher, aß, schlief, schrieb, zeichnete. Wenn ich hin und wieder an das Wollknäuel in meinem Bauch dachte, musste ich unwillkürlich lächeln. Ich hütete ein Geheimnis, von dem niemand etwas ahnte, niemand konnte das Wollknäuel in meinem Bauch sehen, das täglich wuchs, als ob ich schwanger wäre, wie mein eigenes Baby.

Wo immer ich ging und stand, stets hatte ich mein

Wollknäuel dabei, was im Nachhinein betrachtet nichts Gewöhnliches ist. Ich hörte immer sofort, wenn das Wollknäuel holterdipolter durch meinen Bauch kugelte … die Leute in meiner Umgebung fragten sich bei diesen Lauten, ob mir vor Hunger der Magen knurrte. Aber niemand wusste, was es wirklich damit auf sich hatte.

Bis ich eines Tages das Wollknäuel ausspuckte.

Ich saß auf dem Sofa und sah fern, der Kater hockte reglos neben mir und fixierte mich mit halb geschlossenen Lidern. Anders als ich hatte er den siebten Sinn. Schließlich verfügte er bereits über ausreichend Erfahrung darin, was es hieß, ein Wollknäuel auszuspeien. Er wusste, dass es bei mir nicht mehr lange dauern konnte.

Als die Fernsehserie zu Ende war und die Abspannmelodie erklang, übergab ich mich auf den Teppich. Es tat überhaupt nicht weh und geschah so plötzlich, dass ich vollkommen davon überrascht wurde. Das in Galle gebadete Wollknäuel sah aus wie ein Reisbällchen. Schon streckte der Kater die Pfoten danach aus, zog sie aber auf halbem Weg zurück. Ein so großes Wollknäuel hatten wir noch nie gesehen; es war so groß wie ein etwa zwei Monate alter Katzenwelpen. Wir beide, der Kater und ich, starrten es ungläubig an.

Das Wollknäuel bewegte sich sachte. Und da plötzlich streckte es vier kleine Pfoten von sich und sah uns aus kleinen Knopfaugen an. Ein zartes, flaumiges Kätzchen!

45

GROSSE KATZE, KLEINE KATZE

Obwohl wir im Grunde mental darauf vorbereitet gewesen waren, schockierte das Auftauchen des Kätzchens mich und den Kater gehörig. Ein so großes Wollknäuel auszuspucken war schon unglaublich genug. Dass es sich dann noch dazu bewegte, aß und trank und auf unsicheren Pfoten herumstakste, war ein Wunder. Der Kater fühlte sich unmittelbar bedroht und verzog die Schnauze zu einer abschreckenden Grimasse, doch ich beruhigte und versicherte ihn, das Kätzchen sei keine Konkurrenz. Von alter und neuer Katze konnte nicht die Rede sein, sondern allein von großer und kleiner Katze.

Mein Mann war noch nicht zuhause. Wir drei teilten uns das Wohnzimmer; die große Katze beäugte die kleine Katze, die kleine Katze beäugte die große Katze, und ich beäugte die beiden Katzen. Wir existierten im selben Raum zur selben Zeit. Eins wurde mir klar:

Ich hatte keine Katze verloren, sondern eine dazugewonnen.

Eilig hob ich das Kätzchen hoch, streichelte es und nahm es dabei in Augenschein. Es war nicht größer als meine Hand und noch wesentlich kleiner, als der Kater es ganz am Anfang gewesen war. Das Kätzchen war vollkommen still und fühlte sich leicht an, sehr leicht, mit seinem fluffigen, außerordentlich zarten Fell.

So unschuldig das Kätzchen auch wirkte – seine Augen blickten voller Neugier auf die Welt. Freudig setzte ich es dem Kater vor die Nase und sagte: »Sieh mal!«

Unerwartet sprang der Kater einen Meter zurück. Ich nahm an, dass ich ihn durch meine ausladende Bewegung erschreckt hatte. Doch je mehr ich mich ihm näherte, desto weiter wich er zurück. Ich hielt inne. Aus sicherem Abstand heraus inspizierte die große Katze die kleine Katze. Ich setzte mich wieder zurück aufs Sofa und widmete mich erneut dem zarten kleinen Wesen.

Als mein Mann nach Hause kam, zeigte er sich von der kleinen Katze nicht sonderlich beeindruckt. Dann haben wir eben noch eine, sagte er, ob wir nun eine oder zwei Katzen durchfüttern, macht keinen Unterschied. Tatsächlich hatten wir schon länger überlegt, uns noch ein kleines Kätzchen zuzulegen, damit der Kater einen Spielgefährten hatte und wir noch eine Katze mehr. Nun war unser Wunsch in Erfüllung gegangen, das war wunderbar. Ich erzählte ihm, dass das Kätzchen aus einem Katzenhaarknäuel entstanden sei. Es hätte auch aus sonst was entstehen können, entgegnete er, solange wir uns nur genug danach sehnten.

Das Wollknäuel hatte sich nicht etwa zu so etwas wie einer Katze entwickelt; es *war* eine Katze. So wie jede Katze ein Wollknäuel ist, ein über den Boden kullerndes Wollknäuel.

Es dauerte nicht lange, bis der Kater das Kätzchen akzeptierte. Anfangs betrachtete er es als Wollknäuel zum Spielen, jagte ihm nach oder stellte sich auf die Hinterpfoten und hielt es fest, biss es neckisch, wie ein geliebtes Spielzeug, außer sich vor Freude. Das auf diese Weise malträtierte Kätzchen miaute zwar laut und kläglich, machte sich aber anscheinend nichts aus der groben Behandlung und näherte sich, als ob es das unfreundliche Verhalten des großen Bruders schon wieder vergessen hätte, immer wieder furchtlos an, kuschelte sich an ihn, haftete an seiner Seite wie Klebstoff, der noch nicht ganz trocken war, aber schon nicht mehr wegzukriegen.

Allmählich gewöhnte sich der Kater an seinen neuen Trabanten und hörte auf, das Kätzchen zu beißen. Stattdessen leckte er ihm das Köpfchen ab, ringsum, jeden kleinen Winkel, leckte und leckte.

46

GEGENPOLE

Die große Katze war männlich, die kleine Katze war weiblich. Verschiedene Geschlechter ziehen sich magnetisch an, so wie bei elektrischen Polen; der Kater war die Anode, die Katze die Kathode.

Die große Katze war der große Magnet, die kleine Katze der kleine Magnet. Durch seine größere Masse war die Anziehungskraft des großen Magneten stärker. Daher war es grundsätzlich so, dass der große Kater blieb, wo er war, und die kleine Katze sich an ihn heftete. Diese selbstverständliche Intimität war wahrhaft beneidenswert. Am liebsten wäre ich selbst zu einem Riesenmagneten geworden, der die große wie die kleine Katze anzog.

So klebte die kleine Katze ständig am Fell der großen Katze; sie waren unzertrennlich.

S
N

Wenn ich das Kätzchen dann einmal mit Gewalt vom Kater trennte und in den Arm nahm, hielt sie es dort keine zwei Minuten aus, strampelte sich frei und suchte fröhlich und aufgeregt nach dem großen Bruder. Wenn sie sich aufrichtete, reichte sie dem Kater gerade einmal bis zur Brust, an die sie sich wie ein süßes kleines Küken schmiegte. Der Kater hockte unterdessen ungerührt da, würdigte das Kätzchen keines Blickes, starrte ins Leere und gab sich alle Mühe, eine seriöse Haltung zu bewahren, um vor der kleinen Katze gelassene Reife zu demonstrieren und sich nicht zu kindlichen Spielereien verlocken zu lassen. Sosehr das Kätzchen sich auch an ihn schmiegte und um ihn herumstreifte, stets verharrte er in würdevoller Strenge.

Der Kater sah aus wie eine Statue. Niemand konnte sagen, wann er insgeheim den Entschluss gefasst hatte, seine starke Anziehungskraft einfach ihre Wirkung entfalten zu lassen. Es war nicht so, dass das Kätzchen sich unbedingt ständig an den Kater schmiegen wollte, es konnte sich einfach nicht seiner großen Anziehungskraft entziehen, es gab kein Entrinnen.

»Zu schade«, sagte mein Mann beim Anblick des anschmiegsamen Kätzchens schadenfreudig, »wirklich zu schade!« »Was ist schade?«, fragte ich. »Schade, dass er keine Eier mehr hat.« Da wurde mir mit einem Schlag bewusst, wie gut sich alles gefügt hatte.

Zum Glück waren die beiden kleinen Katzeneier schon zum Planeten Miau gereist, um dort zu zwei rotierenden Trabanten zu werden. Ganz egal, wie stark die magnetische Anziehungskraft des Katers auch sein mochte und wie schwach dagegen die des Kätzchens; wären die Katerhoden noch an Ort und Stelle, wäre das Verhältnis sicher umgekehrt gewesen, und der Kater wäre derjenige, der der kleinen Katze nachstellte. Es war eindeutig besser, dass die einseitige und stabile Anziehungskraft des Katers keine weiteren Folgen mehr hatte.

Der Kater sprang auf die Waschmaschine. Das Kätzchen machte Anstalten, ihm nachzuspringen, aber ihr Magnetfeld war zu schwach, ihre Fähigkeiten noch zu begrenzt, so dass sie aus eigener Kraft nicht hinaufkam und ihr nichts übrigblieb, als mit hilflosem Blick zum Kater hinaufzustarren, während sie sich unermüdlich hochreckte, ohne ihm auch nur die Pfote reichen zu können.

Das Kätzchen versuchte es wieder und wieder, kam aber einfach nicht auf die Waschmaschine hinauf; bis schließlich der Kater sich zu ihr hinabbeugte. Das Kätzchen schlang die Pfoten um seinen Hals und die Anziehungskraft der beiden Pole verstärkte sich mit einem Mal so sehr, dass er sie nicht mehr abschütteln konnte. Emsig leckte das Kätzchen dem Kater die Schnauze. Widerwillig gab der Kater nach, stieg von der Waschmaschine herab und ließ sich gründlich von der kleinen Katze abschlabbern.

47

KÖRPERGERUCH

Das Kätzchen verströmte einen typischen Welpengeruch, einen Milchgeruch, wie er auch Säuglingen eigen ist. Im Vorübergehen hinterließ sie stets einen leichten Duft; besonders intensiv war er, wenn man die Nase in ihr Fell steckte.

Dieses Milcharoma hatte eine gewisse Süße, und dann noch dieser zartweiche Katzenkörper – unweigerlich musste ich an die leckeren *Weißer Hase*-Milchbonbons aus meiner Kindheit denken. Nicht nur ich mochte diesen Geruch, auch der Kater hatte etwas dafür übrig. Ach ja, der Kater: Am Ende konnte auch er sich nicht beherrschen, sich dem jungen Kätzchen zu nähern, es rundum zu putzen, die Augen halb geschlossen, mit schlabbernder Zunge, so genüsslich, wie er täglich seine Milch ausschlabberte.

Kater und Kätzchen schliefen stets nebeneinander; es

schmiegte sich eng an ihn, so dass er ganz von ihrem Milchgeruch erfüllt war. Dieser Duft quoll über die Katzengemeinschaft hinaus, wehte durch die Zimmer bis in meine Nase; gierig nahm ich einen tiefen Atemzug. Diesem natürlichen Geruch wohnte eine schlichte Schönheit inne. Manchmal nahm ich das Kätzchen eigens hoch, um meine Nase in ihr Fell zu vergraben und tief einzuatmen. Ah, wie gut das roch. Wenn ich mir nicht ohnehin schon das Katzenvirus zugezogen hätte – spätestens bei diesem Duft wären meine Abwehrkräfte geschwunden.

Auch der Kater hatte einen Eigengeruch, aber einen vollkommen anderen. Es war kein beständiger Geruch, er änderte sich, je nachdem, welche Gerüche gerade in unserer Wohnung vorherrschten. Kochten wir Schweinerippchen mit Wachskürbis, roch der Kater nach Schweinerippchen mit Wachskürbis; gab es scharfgebratenes Schweinefleisch, roch er nach scharfgebratenem Schweinefleisch; gab es klare Fischsuppe mit Sojabohnen, roch er nach …

Beim Kochen nahm der Kater den jeweiligen Haushaltsgeruch an. Während mein Mann eifrig mit Töpfen und Pfannen hantierte, hockte der Kater auf dem kleinen Schemel in der Küche und absorbierte unbewusst jedweden Duft. Besonders den Geruch seines Lieblingsessens trug der Kater sofort in die Welt hinaus. Man musste nur an ihm schnuppern, um zu wissen, was er gegessen hatte, so als verberge sich unter seinem Fell ein mit Köstlichkeiten gedeckter Tisch.

War man hungrig, genügte es, am Kater zu riechen, anstatt der Futterlaune nachzugeben. Während ich den Kater dabei beobachtete, wie er sich selbst ableckte, und das Kätzchen, wie es den Kater ableckte, setzte sich eine bizarre Frage in meinem Kopf fest, die mich zugleich erschrak und amüsierte: Ob der Kater wohl gut schmeckte? Ich lachte laut auf. Haha. Manchmal kommt man auf die seltsamsten Ideen.

Für gewöhnlich trug der Kater seinen Geruch durch die ganze Wohnung, immer, wenn er von hierhin nach dorthin rannte, das Kätzchen dicht auf den Fersen. Es war wohl zuallererst der Duft nach gutem Essen, den das Kätzchen anzog, und erst dann kam die magnetische Anziehungskraft. Das Rätsel war gelöst: Das Kätzchen war ganz einfach ein gefräßiger kleiner Gourmet!

48

APFELSINENFESTUNG

Dass der Kater gefräßig war, stand schon lange außer Frage, und auch das Kätzchen entblößte allmählich seine futtergierige Natur – und was für eine. Wenn aus einer gefräßigen Katze zwei werden, bricht in einem Haushalt bei jeder Mahlzeit Chaos aus. Häufig haben die Katzen, sobald das Essen auf dem Tisch steht, schon Witterung aufgenommen, bevor die Menschen mit dem Essen angefangen haben.

Zuvor, als es nur meinen Mann und mich auf der einen Seite gab und den Kater auf der anderen Seite, also zwei gegen einen, gelang es uns noch, ihn mit vereinten Kräften in Zaum zu halten. Als wir uns dann jeder einer Katze gegenübersahen, die wir von den dampfenden Schüsseln fernhalten mussten, während wir gleichzeitig zu essen versuchten, wurden unsere Nerven häufig arg strapaziert.

Wir brachten es nicht übers Herz, die beiden einfach auf den Balkon zu sperren; spätestens, wenn sie uns mit treuherzigen Blicken und kläglichem Maunzen attackierten, wurde mein Mann schwach und ließ sie wieder herein. Natürlich bereuten wir ein ums andere Mal unser weiches Herz, denn so artete jede Mahlzeit in einen Krieg aus, und die Leidtragenden waren jedes Mal wir.

Zu Beginn der Apfelsinensaison kaufte mein Mann ein großes Netz der frisch geernteten Zitrusfrüchte und legte sie auf den Tisch. An jenem Abend tauchten die beiden Katzen nicht zum üblichen Essenskampf am Tisch auf. Wir konnten es kaum fassen.

Gerade ließen wir uns darüber aus, wie ungewöhnlich die Katzen sich auf einmal verhielten, da näherte sich auch schon der Kater, unweigerlich vom Essensduft angezogen. Als er zum Sprung ansetzte, stieß ich innerlich einen Seufzer aus. Da hatten wir es also wieder. Ich wappnete mich bereits für den bevorstehenden Essenskampf.

Der Kater sprang zwar auf den Tisch, pirschte sich aber nicht wie sonst an unsere Schüsseln heran, sondern blieb am Rand hocken, hinter der Apfelsinenschale.

Mein Mann legte die Essstäbchen ab, nahm eine Apfelsine und hielt sie dem Kater unter die Nase. Sofort verzog er die Schnauze und wich mit starrem Blick zurück. Auch ich nahm eine Apfelsine und hielt sie dem Kätzchen hin, das kurz daran schnupperte, aber die gleiche Reaktion wie der Kater zeigte. Ängstlich nahm sie Abstand von der unbekannten Frucht.

Und so hatten wir zufällig etwas entdeckt, das die Katzen so wenig mochten, dass wir es nur auf den Tisch stellen mussten, um sie fernzuhalten. Mein Mann und ich fühlten uns wie Kolumbus bei der Entdeckung Amerikas. Von da an konnten wir in Ruhe essen.

Apfelsinen standen bei uns fortan immer auf dem Einkaufszettel. Mein Mann vergaß nie, ein Netz davon einzukaufen, unsere sicherste Waffe im Kampf gegen die Katzen. Sobald sie es wagten, auf den Tisch zu springen, errichteten wir einen Schutzwall aus Apfelsinen um die beiden Gefräßigen, für den Kater bauten wir einen größeren, für das Kätzchen einen kleineren, und sperrten sie so in ihre eigene Festung ein, aus der sie sich keinen Schritt weit herauswagten. Die Apfelsinen wirkten wie ein Zauberbann, ein unsichtbares olfaktorisches Hindernis. Nicht nur, dass die Katzen uns weniger Ärger bereiteten, sie hockten sogar ausgesprochen brav innerhalb ihres Apfelsinenwalls und sahen uns mit Unschuldsmiene beim Essen zu.

49

KATZENALARM

Piep piep piep. Der Wecker klingelt. Zeit zum Aufstehen.

So war es früher. Mittlerweile, ich konnte schon nicht mehr sagen, wann es angefangen hatte, klingelte der Wecker nicht mehr, sondern die Katzen sprangen aufs Bett und miauten mir laut ins Ohr. Ich schlug die Augen auf, aber meine Lider wurden unwillkürlich wieder schwer, wieder schlug ich sie auf, wieder senkten sich die Lider. Wenn die Katzen sahen, dass ich keine Anstalten machte, endlich aufzustehen, griffen sie zum ultimativen Aufwecktrick: Der Kater leckte mein Gesicht ab, und das Kätzchen leckte an meinen Fußsohlen, was furchtbar kitzelte. Ich strampelte mit den Füßen, schüttelte den Kopf, und mit diesen Bewegungen war im Nu alle Schläfrigkeit verschwunden, und ich stand auf. Die Katzen hatten ihr Ziel erreicht und streiften freudig um meine Beine. Ich musste zugeben, dass diese Art des Kontaktweckens

wesentlich effizienter war als ein Alarm; abgesehen davon machten auch die Katzen ordentlich Lärm, ich hatte gleich zwei Wecker, die statt piep piep piep eben miau miau miau machten.

Als sie mich zum ersten Mal auf diese Weise weckten, lotsten sie mich gleich zum Fressnapf. Beim Anblick des leergefressenen Napfs war mir klar, warum ich so eilig hatte aufstehen sollen. Schnell befüllte ich den Napf und kraulte die beiden hinter den Ohren. »Ist ja gut. Da, fresst schön, ihr zwei!«, sagte ich beruhigend. Dann ging ich in die Küche, um mir selbst etwas zu essen zu suchen. Bei einer Langschläferin wie mir lag die letzte Mahlzeit auch schon eine Weile zurück.

Am darauffolgenden Tag lockten mich die Katzen, nachdem sie mich geweckt hatten, ans Fenster. Zwischen den Spalten der Hochhäuser kämpfte sich die Sonne gerade mühsam Richtung Himmel, dehnte sich aus, wurde langsam größer, so groß, dass man fürchten musste, dass die spitzen Ecken und Kanten der Häuser sie kaputtstachen. Doch vorsichtig stieg sie höher und höher, bis ihr Glanz den Wolken die Schamesröte ins Gesicht trieb. Wenn ich es mir recht überlegte, hatte ich schon lange keinen Sonnenaufgang mehr gesehen.

Als die Katzen mich am dritten Tag weckten, lockten sie mich an den Schreibtisch, auf dem ein neues, noch eingeschweißtes Buch lag. Ich hatte es eine Woche zuvor gekauft und noch keinen Blick hineingeworfen. Wie viele Stunden verbrachte ich doch täglich mit allen möglichen Ablenkungen, vergeudete meine Zeit; wenn ich es mir recht überlegte, hatte ich mich schon lange nicht mehr in Ruhe hingesetzt und ein Buch gelesen.

Es folgten der vierte, der fünfte, der sechste Tag … am x-ten Tag, ich weiß nicht mehr, an welchem, sprangen die Katzen wieder auf mein Bett und übernahmen den Morgenweckdienst. Miau miau miau … miau miau miau … Der Wecker klingelte. Zeit zum Aufstehen.

50

AUFLÖSEN

Ich war erkältet, hatte Kopfschmerzen, Husten, eine laufende Nase. Die Ärztin verschrieb mir eine grässlich bittere Medizin, die ich in heißem Wasser aufgelöst trinken sollte. Gerade als ich mich überwinden wollte, die Medizin endlich einzunehmen, erwischte ich das Kätzchen dabei, mir heimlich die Tasse mit dem abgekühlten Gebräu wegzutrinken. Da ihr Köpfchen zu groß war, um es in die Tasse zu stecken, dippte sie die Pfoten in die Flüssigkeit. Und siehe da, ihre Pfoten lösten sich bei der Berührung mit dem Wasser sofort auf, als wären sie aus Salz. Und nicht nur die Pfoten: die ganze Katze löste sich in der Tasse auf.

Das Kätzchen war nicht mehr zu sehen. Nicht nur ich, auch der Kater wurde nervös, beide starrten wir auf die durchsichtige Flüssigkeit in der Tasse und wussten nicht, was wir tun sollten. Der Kater witterte den Geruch des Kätzchens in der Tasse, sprang auf den Tisch, um nachzusehen, steckte die Schnauze tief hinein und fand bestätigt, dass es dort sehr nach dem Kätzchen roch. Er streckte die Zunge heraus und schlabberte eifrig die Flüssigkeit aus der Tasse. Doch wer hätte das gedacht: Kaum, dass er mit der Flüssigkeit in Berührung kam, verflüchtigte sich der Kater unversehens, genauso wie zuvor das Kätzchen.

Der Kater und das Kätzchen hatten sich vor meinen Augen in Nichts aufgelöst. Ich war so erschrocken, als wäre ich Zeugin eines bizarren Zaubertricks geworden, es war einfach unbegreiflich. Mir wollte partout kein plausibler Grund dafür einfallen. Hilflos nahm ich die Tasse von allen Seiten in Augenschein. Wo waren meine Katzen hin? Mein einziger Gedanke war, dass ich sofort meine Katzen zurückhaben wollte.

Es war nichts von ihnen zu sehen. Die Flüssigkeit in der Tasse hatte weder zu- noch abgenommen, sie sah wie ganz normales, durchsichtiges Heißwasser aus, nur der Geruch war ein wenig anders. Nach und nach intensivierte er sich, bis es eindeutig nach bitterer Medizin roch, dem Geruch von Erkältungspulver, das man in heißes Wasser eingerührt hat.

Ich rief in die Tasse hinein, bekam aber keine Antwort, nur mein eigenes Spiegelbild zeigte sich auf der Wasseroberfläche. Ich hielt mir die Nase zu und trank die Medizin Schluck für Schluck; sofort schlugen meine Geschmacksnerven Alarm: widerlich! Ich streckte die

Zunge heraus, merkte, wie mein Gesicht sich zu einer Grimasse verzog. In meinem Magen jedoch stieg eine wohlige Wärme auf, meine Brust fühlte sich so angenehm warm an, als hielte ich meine beiden Katzen im Arm. Die Wärme durchströmte meinen ganzen Körper.

Wieder rief ich nach den Katzen, ohne Antwort. Plötzlich überkam mich ein unerklärlicher Schwächeanfall, mir fielen die Augen zu und ich sank aufs Sofa.

Als ich aufwachte, war es draußen bereits stockdunkel, die Lichter der Stadt erhellten die Wolken. Ich hatte ungewollt lange geschlafen. Träge setzte ich mich auf. Zum Glück fühlte ich mich viel leichter, meine Kopfschmerzen hatten nachgelassen. Die beiden Katzen liefen von wer weiß woher auf mich zu, drängten sich an mich und wollten gekrault werden. Vorsichtig strich ich ihnen über das Fell, alles schien an Ort und Stelle; ich tastete den Kater ab, dann das Kätzchen, sie waren vollkommen intakt, nichts hatte sich verändert.

Auch die leere Tasse auf dem Tisch sah so aus wie zuvor.

51

PILZE SAMMELN

Kommt, Freunde, kommt Pilze sammeln! Bei mir musste man nicht aus dem Haus dafür, musste auch nicht auf den Frühling warten. Immerzu wuchsen bei uns Pilze, mal spross einer auf dem Sofa, mal auf dem Boden, auf dem Teetisch, auf dem Bett … egal, um welche Jahreszeit; egal, ob es regnete oder die Sonne schien.

Unser Zuhause lag nicht im Wald, auch nicht in der Nähe eines Feuchtgebiets, aber trotzdem waren unsere Pilze groß und frisch, sie waren rund, hatten an der Unterseite Lamellen und einen haarigen Flaum. Sie wuchsen jederzeit und überall, man musste nicht lange warten, schon waren sie reif. Kommt und sammelt Pilze, keine falsche Zurückhaltung! Die Pilze waren im Nu reif und im Nu wieder verschwunden. Wenn man nicht achtgab, war der Pilz, den man gerade pflücken wollte, im nächsten Augenblick schon nicht mehr da.

Auf dem Bücherregal wuchs ein Pilz, doch kaum kehrte ich ihm den Rücken zu, war er wieder weg; so etwas kam häufiger vor. Kurz darauf entdeckte ich einen ebensolchen Pilz auf dem Stuhl. Sie waren überall, große, kleine, haarige, dicke, dünne, lange, kurze. Die großen Pilze wirkten feist und fleischig, daran hatte man ordentlich zu beißen; die kleinen hingegen waren so zart und zerbrechlich, dass sie im Mund zergingen.

Kommt, pflückt Pilze! Man konnte damit eine frische Pilzsuppe kochen, garantiert sehr lecker, und selbst wenn man nur kleine Pilze fand, waren sie gut genug für eine köstliche Mahlzeit.

Kommt Pilze pflücken! Ihr braucht keine Werkzeuge. Und ihr müsst auch keine Angst haben, dass euch die Sonne verbrennt oder dass der Regen euch die Kleider durchnässt; nicht nötig, das Gras beiseitezuschieben, keine Sorge wegen Schlangen oder Würmern oder anderem scheußlichen Getier. Kommt Pilze pflücken, ganz entspannt, auf jedem Möbelstück taucht irgendwo ein Pilz auf.

Was war denn nun los? Wo war der Pilz hin? Gerade, als wir ihn pflücken wollten, war plötzlich nichts mehr zu sehen, weder ein großer Pilz noch ein kleiner. Merkwürdig.

Nun gut, der Pilz wuchs jetzt wahrscheinlich an einem anderen Ort. So war das immer. Pilze wuchsen gern an immer neuen Orten, kaum hatten sie sich an einen gewöhnt, zogen sie auch schon weiter zum nächsten.

Die Pilze hatten Füße, mit denen sie überallhin laufen konnten.

Sie wuchsen niemals außerhalb unserer Wohnung, suchte man bei uns sorgfältig jeden Winkel ab, fand man garantiert einen. Es dauerte nicht lange, bis ich zwei unter dem Bett entdeckte, die aussahen, als ob sie soeben erst gesprossen waren, absolut frisch, einer groß, einer klein; als ich sie entdeckte, hing noch ein Faden daran, der scheinbar schwerelos in der Luft schwebte.

Glücklich wollte ich alle beide Pilze auf der Stelle wegpflücken, denn die würden reichen, um uns für ein paar Tage mit ihrem erlesenen Wald- und Wiesengeschmack zu verwöhnen. Bäuchlings auf dem Boden liegend, konnte ich den größeren Pilz leichthändig erwischen, doch ich hatte mich zu früh gefreut: der kleinere Pilz war plötzlich wieder verschwunden. Immerhin hatte ich den großen gesichert. Den kleineren konnte ich mir beim nächsten Mal holen.

52

KATZENSOSSE

Eines Nachmittags, ich hing gelangweilt zuhause herum, kam mir plötzlich ein seltsamer Einfall: Wie wäre es, die große und die kleine Katze zu vermischen, sie einfach zu mixen … Und das Wunder geschah. Der Kater und das Kätzchen gingen eine chemische Verbindung ein, die beiden Katzen wurden weich, verloren ihre ursprüngliche Form, zerliefen, verflüssigten sich, um sich dann langsam zu vermischen und zu einem Topf voll klebriger Katzensoße zu werden. Die Farbe der Soße war eine Mischung aus kleiner und großer Katze. Die neue Farbe war ein wenig dunkler als das Fell des Katers und ein wenig heller als das Fell der Katze, ein meliertes Grau, wie das von schwarzer Sesampaste.

Auch der intensive Geruch der frisch gemixten Katzensoße erinnerte an Sesampaste. Allem, was lecker schmeckte, war wegen der Gier der Katzen kein langes

Leben beschert. Ein Glück, dass das Leckerste in unserem Haushalt, nämlich die beiden Katzen, nun zu einem Topf Katzensoße geworden waren; wir mussten also keine Angst haben, dass die beiden uns mit ihrer Gefräßigkeit Ärger machten. Ich konnte nicht umhin, gleich den Finger hineinzutunken, ihn in den Mund zu stecken und vorsichtig zu kosten. Sofort erfüllte der besondere Geschmack meinen Gaumen, bezaubernd, aber auch fremdartig. So etwas hatte ich noch nie gegessen. Innerhalb des verfügbaren Vokabulars für Geschmäcker wollte mir nichts zur Beschreibung dieses Geschmacks einfallen. Die Katzensoße war jedenfalls köstlich, kaum probiert, wollte ich gleich weiternaschen. Ich holte mir aus der Küche eine Schale und einen Löffel und aß in einem Rutsch gleich drei Portionen hintereinander auf. Soviel ich auch aß, die Katzensoße wurde nicht weniger. Schließlich waren die beiden Katzen nicht verschwunden, sie existierten weiter. Und so konnte auch die Katzensoße nicht weniger werden.

Die Katzensoße taugte nicht nur zum Essen, man konnte sie auch als Hautcreme verwenden oder als Salbe, als Wandfarbe … Auf das Gesicht aufgetragen zum Beispiel, zog sie sofort ein, wesentlich angenehmer als diese teuren Kosmetikprodukte. Die Gesichtshaut wurde davon glatt und glänzend und duftete zart.

Nachdem die Katzen zu Katzensoße geworden waren, änderte sich ihre Fortbewegungsart grundlegend. Zuvor liefen die Katzen auf allen vier Pfoten, rannten und sprangen überallhin, wo und wie es ihnen passte. Jetzt aber glichen ihre Bewegungen Farbklecksen; wenn sie irgendwo hinwollten, breiteten sie sich in diese Richtung aus, und der Raum, den sie dabei belegten, war um einiges größer als zuvor. War es den Katzen bisher unmöglich gewesen, Wände hochzuklettern, breiteten sie sich jetzt über die Wände aus und konnten zu jenen Fantasiekatzen werden, die über Dächer flogen und an Mauern hochliefen. Stundenlang klebten die Katzen jetzt an der Wand, mit ausreichend Zeit für ein gemütliches Nickerchen.

Später musste ich gar nicht mehr selbst den Anstoß dazu geben, dass sich Kater und Kätzchen zu Katzensoße vermischten, die beiden vermengten sich einfach von allein. Wenn man nicht aufpasste, verteilte die Katzensoße sich überall, vor allem an der Decke, die ständig ausgiebig beschmiert war. Vielleicht katapultierte heftiges Niesen die Katzen bis an die Decke? Oder sie hielten es einfach nicht aus, still und friedlich in der Ecke zu sitzen, und so spritzte die Katzensoße in alle Richtungen, lief überallhin und bekleckerte alles – die Katzen konnten sich endlich überall, wirklich überall vergnügen.

53

EXTREMSPORT

Der Kater war mittlerweile zu einem kräftigen Tier herangewachsen. Beim Gehen zeichneten sich deutlich die Linien und Konturen seiner Muskeln ab, ein eindeutiger Hinweis auf seine gute körperliche Konstitution. Er sah aus, als käme er direkt aus dem Fitnessstudio; wobei es sich bei seinem Fitnessstudio zweifellos um unsere Wohnung handelte. Das Kätzchen stets im Schlepptau, nutzte der Kater unsere Wohnung als Sportplatz, auf dem er atemberaubendes Leistungsturnen absolvierte.

Sein Lieblingssport war Parcourslaufen. Unsere überall verstreuten Einrichtungsgegenstände mit ihren Höhen und Tiefen boten das ideale Übungsgelände. Das Kätzchen, noch zu klein für Weit- und Hochsprung, konnte dabei nicht mithalten, weshalb der Kater allein in luftiger Höhe von einem Schrank zum nächsten sprang, flink und mit exakter Absprungposition, in ständig neuen, unvorhersehbaren Verrenkungen. Mein Mann und ich hielten beim Zusehen oft gebannt den Atem an. Um den Kater machten wir uns keine Sorgen, um die Tassen und Teller in den Schränken schon. Mehr als einmal hatte er meine Lieblingsstücke klirrend zu Bruch gehen lassen. Wenn ich sie in Scherben auf dem Boden liegen sah, lag auch mein Herz in Scherben.

Anstatt sich für seine Untaten zu schämen, war der Kater stolz auf sich. Immer, wenn er es schaffte, einen besonders unzugänglichen Ort zu erreichen, verharrte er dort eine Weile und sah sich in prahlerischer Siegerpose nach mir um.

Seine exzellente Körperbeherrschung und Balance waren angeboren und brachten ihm im Parcourslauf ausgezeichnete Ergebnisse. Niemals verlor er den Halt. Manchmal dienten auch wir Menschen als Hindernisse im Katzenparcours; der Kater machte zwischen uns und den Schränken, Tischen und Stühlen keinen Unterschied. Wenn mein Mann und ich auf dem Sofa saßen oder im Bett schliefen und gerade nicht daran dachten, rechtzeitig in Abwehrstellung zu gehen, benutzten die Katzen unsere Bäuche und andere Körperteile als Sprungbrett, häufig erst der Kater, dann das Kätzchen, so dass wir erst einen kräftigen Pfotenhieb abbekamen, und gleich darauf noch einmal einen leichten Stupser. Bis wir »Autsch!« gerufen hatten, waren die Katzen schon über alle Berge.

Die kleine Katze war zwar noch keine so gute Parcoursläuferin wie der Kater, aber was das Schlittern anging, konnte sie ihm durchaus das Wasser reichen. Sie benutzten die glatten Fliesen im Wohnzimmer als Rennstrecke, sich selbst als Rennkiste und ihre vier Pfoten als Räder. Dann suchten sie sich einen passenden Ort für den Boxenstart, imitierten lautes Motorheulen, schossen abrupt vorwärts, eine nach der anderen, bis zur Wohnzimmermitte, wo sie die Beine einzogen und mithilfe des eigenen Schwungs weiterrutschten, dabei die Richtung wechselten und einen perfekten Halbkreis beschrieben. Dann nahmen sie den Zielpunkt zum Startpunkt und machten weiter; rennen, drehen, schlittern.

Die Katzen hatten solchen Spaß, dass ich mitmachen wollte. Ich knüllte eine Papierserviette zu einem Ball, warf ihn in eine Ecke, und schon rannten wir alle drei dem Papierknäuel hinterher, schlitterten, so schnell wir konnten, über den Boden. Aber ganz gleich, wie oft wir das Spiel wiederholten: Ich war immer Letzte.

54

MASSAGESALON

Der Kater und das Kätzchens hatten ein gemeinsames Hobby: Sie liebten es, Dinge zu kneten. Decken, Kissen, Matratzen, Sofas … sobald sie etwas Weiches unter ihren Pfoten spürten, fingen sie an, es mit Hochgenuss zu bearbeiten. Auch mein Mann und ich wurden regelmäßig zum Objekt solcherart Akupressur. Mit erhobenem Haupt und gereckter Brust gingen sie ans Werk, so gekonnt, dass jeder Massagesalon sich eine Scheibe davon abschneiden könnte. Dieser Katzenmassagesalon hatte weder ein Eingangsschild noch machte er für sich Reklame.

Als wir nur den Kater hatten und nur er uns massierte, hatte dieser Service seine Grenzen. Der Kater folgte keinen festen Regeln, massierte mal mich, mal meinen Mann und verlor schnell das Interesse. Nachdem das Kätzchen dazukam, wurde daraus ein Eins-zu-eins-Service, der schon eher professionellen Standards entsprach.

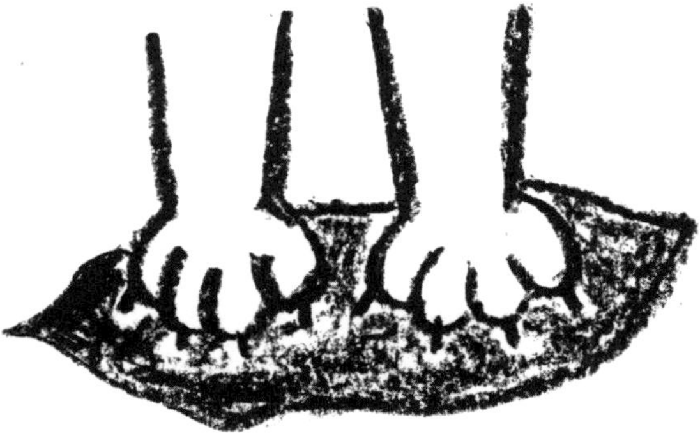

Am Eröffnungstag des Salons saßen mein Mann und ich auf dem Sofa und ließen uns die V.I.P.-Behandlung gefallen. Der Kater und die Katze hockten jeweils auf unseren Oberschenkeln. Wie zwei gelernte Masseure nutzten sie ihre Pfoten zum Massieren, fuhren die Krallen aus und begannen rhythmisch zu kneten. Ihre halb geschlossenen Lider und ihr wohliges Schnurren ließen darauf schließen, dass es ihnen noch besser ging als ihren Kunden. Manchmal piksten die spitzen Krallen durch den Hosenstoff in die Beine, was etwa so wehtat wie ein Ameisenbiss oder ein Stich mit einer Akupunkturnadel. Also gar nicht.

Ging es nach den Katzen, mussten wir nichts anderes tun, als zu kooperieren. Während der Massage durften wir uns nicht bewegen, mussten ihre Krallen ertragen und uns kneten lassen, wie es ihnen gefiel. Auf keinen Fall durften wir die Behandlung mittendrin abbrechen oder zurückweisen. Eins war klar: Beim Katzenmassagesalon handelte es sich um Schwarzarbeit, hier war der Kunde nicht König. Wie in illegalen Etablissements üblich, blieb den Kunden keine Wahl; wenn man ihr Reich betrat, hatten die Katzen das Sagen und fertig. Der Laden war geöffnet, wann es ihnen passte, und sie massierten so lange, wie sie Lust hatten. Wir fragten uns, wer denn eigentlich der Dienstleister war; die Katzen oder wir?

Irgendwann hatten wir verstanden, dass der Sinn dieses Massagesalons darin bestand, das Bedürfnis der Katzen nach ausgiebigem Milchtritt zu befriedigen. Die wahren Kunden waren also die Katzen selbst. Mein Mann hatte mir einmal erklärt, dass die Lust der Katzen daran, sich in weiche Gegenstände zu krallen, mit Kindheitserinnerungen zu tun hatte. Wenn sie als Welpen Muttermilch tranken, traten sie unentwegt gegen die Brust der Katzenmutter, um den Milchfluss anzuregen. Je mehr sie traten, desto mehr Milch bekamen sie zu trinken.

So waren mein Mann und ich den Katzen unbewusst in die Falle gegangen. Es war zu spät, unsere stumme Zusage noch zurückzunehmen. Glücklicherweise kneteten sie nicht nur uns gern, sondern alles, was weich war, gleichwohl mit Hingabe und genüsslich schnurrend. Binnen kürzester Zeit blühte das Geschäft des Massagesalons, und die beiden Katzen hatten alle Pfoten voll zu tun.

55

GEFANGEN

Manchmal steckten Katzen fest. Mal war es der Kater, mal die Katze, dann wieder beide gleichzeitig. Manchmal waren sie zusammen am selben Ort eingeklemmt, manchmal jeweils an einer anderen Stelle.

War eine Katze eingeklemmt, blieb sie unbeweglich, blickte starr geradeaus, vollkommen ruhig, ohne mit lautem Miauen einen Menschen auf ihre Lage aufmerksam zu machen. Wollte man zu Hilfe eilen, wurde man mit Verachtung gestraft.

Fort mit dir!, signalisierten sie mit glühenden Augen.

Sie konnten sich überall einklemmen. Entweder waren sie irgendwo hineingekrochen, wo sie gerade so hineinpassten, oder sie wollten sich irgendwo hineinzwängen, wo es zu eng für sie war. Schien der Katze ein Raum zu klein, passte sie ihre Gestalt an und schrumpfte auf eine Form, die man ihr nicht zugetraut hätte.

Wenn sie zum Beispiel in einer Zimmerecke gefangen war, wurde sie zu einem Dreieck; klemmte sie im Zeitungsständer fest, wurde sie zu einem Rechteck; kam sie nicht mehr aus einer Schüssel heraus, wurde sie zu einer Kugel.

Manchmal war die Katze im Kater gefangen, der Kater war unterdessen an einem seiner Lieblingsorte gefangen und blieb dort den halben Tag lang. Die beiden Katzen wirkten dann wie eine Verbindung aus Nut und Zapfen, die sich wunderbar zusammenfügte.

Du nimmst mich gefangen und ich dich, so ging das Spiel – und da sie nun schon einmal zusammenklemmten, konnten sie in dieser Situation genauso gut auch schlafen und meditieren. Die Katzen mochten es, gefangen zu sein. Wenn es nach ihnen gegangen wäre, hätten sie sich am liebsten zwischen unsere Finger und Zehen und Zähne geklemmt. Warum sonst schnurrten sie so zufrieden, wenn ich die Finger spreizte und ihnen damit durchs Fell fuhr?

Noch häufiger jedoch steckten sie zwischen den Sonnenstrahlen fest, denn dort, wo sich Licht und Wärme trafen, mussten die Katzen sich mit aller Macht hineinzwängen und sich so positionieren, dass sie am liebsten ringsum von Lichtstrahlen eingeschlossen waren. Sie befanden sich dann in einer flimmernden Aureole, die man nur aus gebührendem Abstand betrachten konnte, um nicht geblendet zu werden.

Außerdem waren die Katzen auch gerne von Essensdüften gefangen. Fressnapf, Trockenfutter, getrockneter Fisch, Katzenpudding, Katzenminze. Hatten sich ihre Schnauzen erst einmal in den Gerüchen dieser Dinge verfangen, bekam man sie selbst mit großer Anstrengung nicht mehr heraus.

56

BLÜTEN

Wie gesagt, jagten Kater und Katze gern wie wildgeworden durch die Wohnung. Überall, oben und unten, rechts und links, hinterließen sie ihre Spuren. Eben erst hatte ich die trockene Wäsche abgehängt und wollte sie zusammenfalten und im Schrank verstauen, schon trampelten sie dreist darüber hinweg und hinterließen eine Menge Pfotenabdrücke. Pflaumenblütengleiche Abdrücke waren das, große Blüten, kleine Blüten, ein ungewöhnlich adrettes Muster, einfach hinreißend. Fasziniert starrte ich auf das hübsche Blütenmuster und vergaß darüber beinahe, dass meine frisch gewaschenen Sachen nun wieder dreckig waren.

Nun gut, also noch einmal waschen. Wozu hatte ich eine Waschmaschine. Zum Glück musste ich die Wäsche nicht von Hand waschen, denn ich hätte es nicht über mich gebracht, das süße Blumenmuster wegzurubbeln.

Die Pflaumen blühten überall in der Wohnung, vor allem an den weißen Wänden, manche hingen noch an Zweigen, die die Krallen geschaffen hatten, prägnante Kratzer, elegant und kraftvoll wie die Pinselstriche eines Kalligraphen.

Wenn die Katzen sagten: Lasst Pflaumen blühen, dann blühten sie, ganz ohne größere Anstrengung. Es bedurfte auch keiner Magie und funktionierte besser als der Wechsel der Jahreszeiten. Ein Jahr hat nur einen Winter, aber Katzen gibt es jeden Tag, und es war nicht nötig, auf die richtige Temperatur und die passende Saison zu warten.

Die Sorte Pflaumenblüten, die die Katzen hervorbrachten, hatte nichts mit den Pflaumenblüten der Natur zu tun. Sie war graubraun, von unterschiedlich ausgeprägter Intensität, ungleichmäßig verteilt, verströmte Katzenduft und blühte in aller Bescheidenheit, was wiederum zum Charakter und zur Beschaffenheit der Pflaumenblüte passte.

Wo es Katzen gab, gab es Pflaumenblüten, selbst in der Luft verteilten sich ihre Schatten, sie waren nur nicht so leicht erkennbar. Das waren sehr zarte Blüten. Man musste warten, bis sie auf den Boden herabfielen, wo man sie mit dem Besen zusammenfegte, bis man einen Haufen Pflaumenblütenblätter hatte, der sogleich zu Staub zerfiel.

Unter den Pflaumenblüten gibt es welche, die eine besonders lange Lebenskraft besitzen und nie verblühen. Sie sind anders als die anderen Blüten, hell und zart, mit fleischigen, festen Blütenblättern, die man nicht so leicht zerreißen kann. Sie wachsen unter den Pfoten der Katzen und haben eine Anmut und Farbfestigkeit, um die andere Pflaumenblüten sie beneiden.

57

GEFILTERT

Im Nachbarbezirk ging ein Mörder um. Er mordete, indem er Häuser in Brand steckte, wie es in den Nachrichten hieß. Erst mit einem Tag Verspätung erfuhr ich davon. Ich ließ mein Smartphone sinken, setzte mich ans Fenster und atmete tief durch. Unwillkürlich wanderte mein Blick in Richtung des Nachbarbezirks, um nach dem ausgebrannten Hochhaus Ausschau zu halten. Es hieß, dass zahlreiche Menschen in den Flammen umgekommen waren. Kein Wunder, dass die Katzen am Abend zuvor wie gebannt am Fenster gehockt hatten. Schon da war mir ihr Verhalten sonderbar vorgekommen.

Sosehr ich die Gegend auch mit den Augen absuchte, ich konnte nichts entdecken. Es gab zu viele Häuser, zu viele Bäume, die die Sicht versperrten. Die Katzen hockten neben mir und beobachteten erst mich, dann die

Umgebung. Ja, schaut nur, sagte ich zu ihnen, wie barbarisch es in der Welt der Menschen zugeht; als Katze hat man es besser. Ich machte meiner Angst und meinem Ärger in einem Monolog für die Katzen Luft.

So saß ich eine Weile deprimiert und mit gesenktem Kopf da. Selbst der Himmel war schwer und verhangen, es war kein schöner Tag. Die Katzen legten sich auf den Boden, wälzten sich auf den Rücken, leckten sich gegenseitig das Fell, vollkommen ungerührt. Für sie war alles wie immer, kein Grund zur Sorge.

Die Katzen hatten den Großbrand mit eigenen Augen gesehen; nicht nur das Leuchten der Flammen war in ihren Augen zurückgeblieben, sondern auch die Asche. Wenn man den Katzen die Augenbutter aus den Augen rieb, war sie schwarz von der Asche, die sich dort abgelagert hatte. Sie waren Zeugen eines Massenmords gewesen, aber der grausame, furchterregende Anblick hatte ihnen keine Angst eingejagt. Das kam daher, weil alles Grauen, das sie mitansahen, in ihren Augen gefiltert wurde, und damit auch die dunklen Seiten der menschlichen Natur gefiltert wurden.

Katzen bewahren sich allzeit ihre Unschuld, sie bilden einen leuchtenden Kontrast zum Menschen. Je mehr Erfahrungen der Mensch macht, desto mehr Meinungen und Urteile bildet er sich, seine Gedanken sind in Aufruhr, er ist oft traurig und enttäuscht. Unsere Katzen dagegen filterten alles Schlechte mit ihren Augen. Alles Komplizierte, Tiefgründige, Schwere – sie lassen es nicht an sich heran. Anders als wir hatten die Katzen verstanden, wie man unbeschwerter lebt und sein Herz nicht mit zu vielen Dingen belastet.

58

KATZENGOTT

Wer meint, Buddha sei ein Gott oder Jehova sei ein Gott, wird von den Katzen eines Besseren belehrt. Nein, die Katzen sind Gott. Mit Religion haben Katzen zwar nichts am Hut, das ist etwas, das nur die Menschen einengt und sie an irreale Dinge glauben lässt; aber eine Katze klettert einfach auf eine Anhöhe und schon blickt sie gottgleich auf alle anderen Kreaturen herab.

Es war einmal eine Katze, die hatte die Religion schon lange als eine Abhängigkeit durchschaut, die der schwache Mensch in seinem schwachen Geist pflegte und als Triebkraft des zivilisatorischen Fortschritts ansah. Die Katze stieg vom Altar der Religion herunter und kletterte flink auf einen Baum. Dort oben lag sie und freute sich sorglos und vergnügt des Lebens. Von dort hatte sie alles im Blick, all die Grillen und Ameisen und Menschen, die unter dem Baum umherhuschten.

Die Katze betrachtete alle Lebewesen mit Augen so hell wie die Sonne, und kein Wang und kein Li kam darauf, dass dort oben auf dem Baum ein Gott hockte. Wenn die Menschen wie gewohnt durch die Straßen spazierten, den üblichen Klatsch und Tratsch austauschten, die Nase rümpften, auf den Boden spien und überhaupt allerhand Belangloses taten, dann wusste die Katze über all das Bescheid. Die Katze predigte keine Moral, sie erteilte auch keine Gebote, sondern ließ die Menschen vollkommen vergessen, dass es einen Katzengott gab. Sie kümmerte und bekümmerte gar nichts; das Kreuz hatte sie einfach abgeworfen und liegengelassen.

Dann stieg die Katze vom Baum herab und teilte sich in unzählige Katzen, von denen einige auf einen anderen Baum oder ein Dach kletterten, um Gott zu sein. Zwei davon hatten unseren Kleiderschrank erklommen und waren zu unserer großen und unserer kleinen Katze geworden.

Wenn unsere Katzen auf ihrem Kommandoposten saßen, kannte ihr Sichtfeld keinen toten Winkel, sie hatten alles und jeden im Blick. Ihre vier Augen ähnelten vier Kameralinsen, die in unterschiedliche Richtungen spähten, manchmal auch in dieselbe Richtung. Ihr Blick, der alle dreidimensionalen Körper erfasste, hatte die ganze Wohnung im Griff, allgegenwärtig wie ein Gott. Mein Mann und ich, einschließlich sämtlicher großer und kleiner Möbel und Dekorgegenstände, lebten unter den allwissenden Augen der Katzen. Die Katzen waren unser Gott, und so betete ich innerlich um ihre Gnade.

59

KISSEN UND DECKE

Ich ging nicht zur Arbeit. Tag für Tag verbrachte ich viel Zeit im Bett, ich war wie die Katzen, ohne ausreichend Schlaf ging bei mir gar nichts. Ich machte mir deswegen keine Vorwürfe und fand auch nicht, dass ich deshalb ein Nichtsnutz wäre. Es war nur eine Phase. Das geht vorüber, sagte ich mir und ließ zu, dass mir der Schlaf einen Großteil meiner Zeit raubte.

Nach jedem Mittagessen musste ich kämpfen. Früher hatte ich nie eine Siesta gehalten, doch jetzt war das anders. Die Schläfrigkeit stellte sich pünktlich am frühen Nachmittag ein. Der biologischen Uhr folgte der Körper viel bereitwilliger als von Menschen gemachten Zeitplänen. Ich musste mich nur auf dem Sofa niederlassen, schon kamen die Katzen, um bei mir zu schlummern. Ihre Siesta fiel noch länger aus als meine, meistens schliefen sie durch bis zum Sonnenuntergang, während mir ein gutes Stündchen Ruhe genügte. Wenn es Zeit zum Aufstehen war, streckte meine biologische Uhr ihre Zeiger aus und zog mir damit die Lider auseinander, so dass ich unweigerlich erwachte.

Kaum dass ich die Augen aufschlug, stellte ich fest, dass ich den Kater als Kopfkissen und die Katze als kleine Decke benutzt hatte. Die beiden behielten ihre Position unverändert bei; sie lagen so reglos da, dass sie beinahe künstlich wirkten, so dass ich sie im ersten Augenblick tatsächlich für Kissen und Decke hielt.

Der Kater hatte beträchtliche Fettpolster, besonders am Bauch, so schön weich und elastisch, dass es eine Wonne war, den Kopf darauf zu betten. Die kleine Katze mit ihrem langen, fluffigen Fell bildete eine seidenzarte Decke. Mit ihr auf der Brust hielt man sich jede Erkältung fern. Noch dazu begannen beide, wenn sie bei mir lagen, sofort zu schnurren, schnurrten eine rhythmische, einlullende Melodie, die eine an meinem Ohr, die andere auf meiner Brust, die mich unweigerlich einschlafen ließ.

Solcherart Kissen und Decken musste man nicht wechseln und waschen. Gewöhnliche Kissen und Decken sind schon nach dem ersten Waschgang nicht mehr so gut wie zuvor. Baumwollbettzeug läuft ein und muss nach wenigen Jahren ersetzt werden. Ganz anders unsere ewig wiederverwendbaren Katzen, sie waren jedes Mal wie neu, sogar mit jedem Mal besser, weich und warm. Wurden sie schmutzig, wuschen sie sich selbst; verloren sie ihre Haare, wuchsen sofort neue nach.

Allerdings hing diese Funktion gänzlich von den Launen der Katzen ab. Wenn sie keine Lust hatten, mir als Kissen und Decke zu dienen, konnte ich sie nicht dazu zwingen. Wehe, ich wagte, sie zu nötigen; schnell verwandelten sich die beiden Katzen dann in wilde Kratzbürsten, tobten in dieser Form auf mir herum, und ich musste zusehen, dass ich ungeschoren davonkam.

60

ZWEI MENSCHEN, ZWEI KATZEN

Wenn zwei Menschen und zwei Katzen zusammenleben, bilden sie eine ideale Wohngemeinschaft. Die Katzen vergnügen sich miteinander, die Menschen vergnügen sich miteinander, und auch Katzen und Menschen vergnügen sich miteinander. Gibt es in einem Haushalt nur eine Katze, bleibt ihr nichts übrig, als sich an die Menschen zu halten. Gibt es in einem Haushalt nur einen Menschen, bleibt ihm nichts übrig, als sich an die Katzen zu halten.

Leben eine Katze und zwei Menschen zusammen und es taucht eine weitere Katze auf – wie freut sich dann die Katze, wenn sie die Katze sieht! Leben ein Mensch und zwei Katzen zusammen und es taucht ein weiterer Mensch auf – wie freut sich dann der Mensch, wenn er den Menschen sieht! Zwei Menschen und zwei Katzen ergänzen sich prächtig.

So war das bei uns. Der Kater miaute zusammen mit dem Kätzchen, ich und mein Mann plauderten miteinander, und zuhause herrschte fortan ein stetiger Chor von Stimmen. Häufiger noch nahm jeder von uns beiden eine Katze in den Arm, richtete die Katzen so aus, dass sie einander ansehen konnten, und die Katzen miauten sich gegenseitig etwas zu oder leckten sich gegenseitig ab; die Menschen sahen einander in die Augen und erzählten sich etwas, teilten ihre Gefühle, während sie gleichzeitig die Katzen streichelten, als würden sie sich selbst streicheln. Die Katzen schnurrten, und alle vier versanken in einen Zustand äußerster Glückseligkeit.

Wenn wir ausgingen, musste wir uns keine Sorgen mehr darum machen, dass der Kater allein zuhause einsam wäre, und der Kater musste seinerseits nicht mehr ganz allein auf unsere Rückkehr warten. Beim Nachhausekommen erwarteten uns die Katzen auf dem kleinen Tisch drinnen neben der Wohnungstür, und zwei Augenpaare blickten erwartungsvoll in unsere Richtung.

Zwar wurde aus dem Warten einer Katze das Warten zweier Katzen, aber dafür fiel die Qual des Wartens geringer aus, weil sie geteilt wurde. Zuvor musste eine Katze allein viel Energie aufbringen, um die Zeit totzuschlagen, jetzt übernahm eine zweite Katze die Hälfte dieses Energieaufwands, und beide fühlten sich erleichtert. Schulterten beide Katzen zusammen die Bürde des Wartens, war es nur halb so schlimm, wenn die Menschen erst spät nach Hause kamen.

Ebenso wog unsere Sorge, wenn wir beide zusammen das Haus verließen, wesentlich leichter, das schlechte Gewissen plagte uns nicht mehr so arg, und Ausgehen machte viel mehr Spaß.

Wenn wir uns dann zuhause wiedersahen, zwei Menschen, zwei Katzen, vier Augenpaare, war jedes Gefühl von Einsamkeit oder Sorge sofort wie weggeblasen. Noch dazu bedeutete die beiderseitige Erleichterung, dass wir weniger Gedanken verschwendeten und ganz in unseren Glücksgefühlen aufgingen.

Jeder von uns nahm eine Katze in den Arm, und mit jedem Wiedersehen erlebten die beiden Menschen und die beiden Katzen einen unvergleichlich liebevollen Moment. Und diese vier, von denen keine zu viel und keiner zu wenig war, kuschelten sich ganz eng, ganz eng aneinander.

Die Originalausgabe erschien 2021 unter dem Titel 乌有猫
bei Beijing United Publishing Co., Ltd, Peking.

Klimaneutral
Druckprodukt
ClimatePartner.com/14438-2110-1001

Erste Auflage 2024
Deutsche Erstausgabe

Umschlaggestaltung: Pauline Altmann, Palingen
Umschlagillustration: Yu Yoyo, Chengdu
Druck: Pustet, Regensburg
Printed in Germany
ISBN 978-3-458-64424-8

www.insel-verlag.de

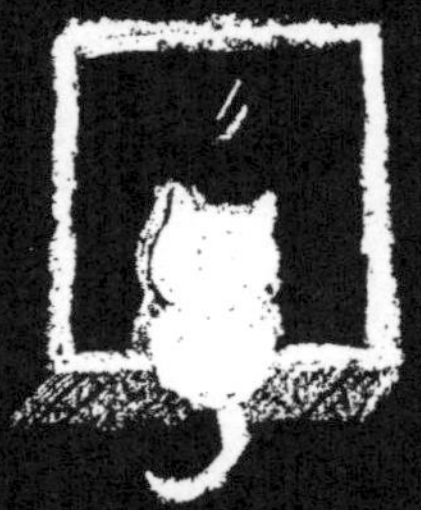